毛姆文集
W. Somerset Maugham

偏居一隅
The Narrow Corner
〔英〕毛姆 著 冯洁音 译

上海译文出版社

人生苦短,人之所居偏于--隅①。

① 马可·奥勒利乌斯(Marcus Aurelius,公元121—180)语。

序　言

　　小说人物千奇百怪，他们就这么冒出来，在你心里扎根生长，渐渐有了合适的特征，置身于具体场景之中。你不时想到他们，有时竟然会对他们如此着迷，以至于再也没法儿想别的事情，然后你就只好把他们写出来，这样他们才不再来打扰你。某个人物往往只是在脑海的某个角落占有一席之地，但也常常会居于中心位置，也许在接下来的几个月里，在你醒着时一直陪伴你，甚至经常出现在梦里，但是后来就完全游离于意识之外，你甚至都不记得他叫什么名字长什么模样了，你甚至会忘记他曾经存在过。但是偶尔也会出现例外，有的人物你以为已经不会再去打交道了，很少注意到他，可他却并没有湮没沉寂，某天你发现自己居然又想起他来。这往往令人很恼火，因为你曾经对他随心所欲，他现在已经不再有任何用场，那他为何还硬要让你注意到他的存在呢？他是你派对上的不速之客，不请自来，大吃大喝你款待别人的好酒美食。你没空搭理他，你必须关注那些你认为更重要的人物。但是他哪会管这些？不管你为他准备了多少体面的坟墓，他却坚持要活下去；他的表现实在叫人难以理解，有一天他竟然挤进了你脑海的前沿阵地，结果你不得不再去关注他。

　　这本小说的读者会在《在中国屏风上》中见到有关桑德斯医生

的简短描述，我当初构思他是为了让他在那个叫作《陌生人》的小故事里扮演个角色，只花了寥寥数行写他，而且再也不指望会去想到他。为何是他而不是那本书中出现的其他人要继续活下去，我想不出任何理由，但是他居然自作主张了。

尼克尔斯船长则是在《月亮和六便士》中介绍给读者的，他的形象出自我在南海遇见的一位在海滩上拾荒的人。但是我完成那本书之后不久就觉得我同他还没完，我一直惦记着他，等书稿用打字机打出来还给我，我在修改错误时，他的一小段谈话引起了我的注意，我不由得想到这里有另一本小说的构思。我越想越喜欢，等终于拿到校样时，我已经打定主意要写出它来，因此就把其中的一段删除了。那一段是这样的：

"好在关于他职业生涯的其他部分，他更加健谈一些。他曾经在南美走私枪支，在中国走私鸦片，他在所罗门群岛从事过贩卖黑奴交易，还让我看他脑门上的一块伤疤，那是某个不理解他慈悲胸怀的黑鬼无赖给他留下的。他主要的功绩是曾经在东海一带长途航行，有关这次航行的回忆是他不懈的话题。似乎是悉尼的某个家伙不幸犯了谋杀罪，他的朋友们急着要让他躲躲风头，就找到了尼克尔斯船长，给了他半天的时间去买一条纵帆船并且召集船员。第二天晚上，他沿着海岸航行了没多久，那位有意思的乘客就上了船。

"'干这事我拿到了一千英镑，当场付钱，付的是黄金，'尼克尔斯船长说，'我们一路上很开心，穿越了整个苏拉威西海，绕过婆罗洲。这些岛妙不可言，要论美景和植被这一类事情，你是知道的。我们什么时候想开枪打猎就打猎，当然，我们还是避开了常规

航线。'

"'你的乘客是个什么样的人?'我问道。

"'好人,一个最好的人,也很会打牌。整整一年我们每天都玩埃卡泰纸牌,到一年结束时,他把那一千英镑全都赢回去了。我自己也是个好牌手,眼睛一直睁得大大的。'

"'他最后回了澳大利亚吗?'

"'本来是这么打算的。他在那里有些朋友,他们想着怎么在几年之内就摆平他的小事情。'

"'嗯。'

"'结果似乎我会变成替罪羊。'

"尼克尔斯船长停顿了一会儿,炯炯有神的眼睛似乎奇怪地蒙上了一层雾,变得有点浑浊起来。

"'可怜人,有天晚上他在爪哇附近的海域掉到船外去了,我猜鲨鱼把他给吃了。他是个好牌手,我见过的最佳之一。'船长沉思地点点头,'我在新加坡卖了那条船,得到的钱加上那价值一千英镑的黄金,我活得还挺不错。'"

就是这件事情给了我撰写这本小说的想法,但直到十二年之后我才着手来写它。

一

这都是好久以前的事情了。

二

桑德斯医生打了个哈欠。现在是早上九点，他有整整一天的时间，却没任何事情可做。他已经看过几个病人了。岛上没有医生，因此他在这儿也没谁抓紧机会来向他求教。但这地方的人健康状况还行，让他治疗的也都是慢性疾病，他帮不了什么忙；要不就是小毛病，简单用点药很快就好了。桑德斯医生曾经在福州开业十五年，因为善于治疗眼病而在中国人那里很有名气，他到塔卡纳来是为了给一位华人富商切除白内障。这是遥远马来半岛上的一个岛屿，因为离福州太远，一开始他拒绝前来，但是这位名叫金青的华人自己是该城市的居民，还有两个儿子住在一起。他是桑德斯医生的老熟人，每隔一段时间去福州，曾经就视力衰退问题咨询过医生，也听说过医生如何奇迹般地让盲人重见光明，后来他自己也到了双眼只能分辨出白天和黑夜的境地，他打定主意不相信还有任何其他人能够给他做手术，确保他恢复视力。桑德斯医生建议他等出现某些症状时就到福州来，但是他拖延着，害怕外科医生的手术刀，等到最后他再也无法看清楚东西时，长途旅行又令他紧张不安，他只好嘱咐儿子去说服医生来给他看病。

金青一开始是苦力，但是凭着勤奋和勇气，再加上运气好且为人狡猾不择手段，最后积累了大笔财富。现在他已经七十岁了，在好几座岛上都有大种植园;自己有捕捞珍珠的纵帆船,大量经销岛上所有的产品。他的两个儿子也是中年人了,去找桑德斯医生。他们都是他的朋友和病人,一年两三次盛宴款待他,请他享用燕窝、鱼翅、海参和各种山珍海味;高价聘请女歌手表演节目娱乐众人;所有人都喝得醉醺醺。这些中国人喜欢桑德斯医生,他能流利地说福州方言,他不像其他外国人一样住在租界里,而是住在中国人的市中心;他年复一年待在那里,他们已经习惯了他。他们知道他吸鸦片,虽然量不大,他们还知道所有该知道的事情。他们认为他是个通情达理的人,即使本地的外国人不怎么搭理他,他们也不觉得有什么不好。他从来不去俱乐部,除非邮件到达时去看看报纸,也从来没人邀请他去家里做客;他们有自己的英籍医生,只有他休假时才会来找桑德斯医生。但是如果他们眼睛出了问题,也还是会把不满隐藏起来,屈尊来到他简陋的中式小屋就医。桑德斯医生快乐地生活在臭气熏天的本地人居住的区域,他们坐在医生的诊所兼起居室里,厌恶地四下打量。屋内的家具摆设全是中式的,除了一张折叠式书桌和两张摇椅之外,全都破破烂烂。色泽暗淡的墙上挂着中国画卷,是心怀感激的病人赠送的,与此形成奇怪对照的是一张硬纸板,上面印着不同大小、各种组合的字母。他们总觉得屋里隐隐有股鸦片的刺鼻气味。

但是金青的儿子们并没有注意到这些,即使注意到了也不碍事。他们先彼此寒暄一番,桑德斯医生拿出绿色铁罐装的香烟请他们抽,然后才切入正题。他们的父亲嘱咐说,他现在又老又瞎,无法长途跋涉去福州了,希望桑德斯医生能去塔卡纳做那个两年前他就说过必须要做的手术,他会怎样收费?医生摇了摇头。他在福州有很多病人,要他离开一段时间,无论如何都是不可能的。他看不出为何金青不能亲自前来;他可以乘坐自己的纵帆船来,如果这不合适的话,还可以去望加锡找一位外科医生,那边的医生完全有能力做这种手术。金青的儿子非常健谈,解释说他们的父亲深知没人能像桑德斯医生那样创造奇迹,他打定主意不让其他人碰他。医生可以估计一下他在离开的这段时间内可以得到多少收入,父亲准备好了付双倍的钱。桑德斯医生一直摇头,然后两兄弟彼此看了一眼,兄长从衣服内侧一个口袋里掏出个破旧的黑皮大钱包,钱包鼓鼓地装满了渣打银行的纸币。他在医生面前展开纸币,一千美元、两千美元;医生笑着,他敏锐明亮的眼睛闪闪发光;这个中国人继续展开一张张纸币;两兄弟一直讨好地笑着,但是紧紧盯着医生的脸,很快就发现他表情有了变化。他一动不动,眼睛流露出好脾气的幽默感,但是他们深切地感到自己引起了他的兴趣。金青的大儿子停了下来,询问的目光停在他脸上。

"我不能离开病人整整三个月,"医生说,"让金青去望加锡或者安波那找一位荷兰医生。安波那有个家伙相当不错。"

中国人没有回答。他把更多的纸币放在桌上,全是百元钞票,十张一沓。钱包没有那么鼓了。他把一沓沓纸币成排摊开,最后一共放了十沓。

"别再放了,"医生说,"好吧。"

三

这一趟走得很麻烦。他在福州搭乘一条中国轮船去菲律宾的马尼拉,在那里等了几天,再乘坐货船去望加锡,然后乘上每隔一个月去一次新几内亚马老奇的荷兰轮船,路上停留许多地方,最后才抵达塔卡纳。一个中国男孩与他同行,充任他的仆人,在需要时也帮着打打麻醉药,他吸鸦片时为他填充烟管。桑德斯医生为金青做的手术很成功,现在他无事可做,只能闲坐着摆弄大拇指,等待那条荷兰船只从马老奇回程路上停留此地。这个岛屿挺大,但地处偏远,荷兰总督只是偶尔会来一下。政府代表是个爪哇混血儿,不会说英语,另外还有几个警察。镇上只有一条商铺街,有两三家店铺是巴格达来的阿拉伯人开的,其余的都属于华人。城外步行十分钟的距离有家小客栈,总督阶段性视察时就在那里下榻,这也是桑德斯现在住的地方。通往客栈的道路穿越许多种植园,绵延三英里,然后消失在原始森林里。

荷兰船只抵达时会忙乱一阵子。船长、一两位高级船员和轮机长上岸,如果有乘客的话也上岸,他们坐在金青的店里喝啤酒,但停留的时间从来不超过三小时,等他们回到船上离开时,小城又归于沉寂。桑德斯医生眼下就是坐在这家店铺的门口,有个藤编的凉棚遮挡太阳,但街上却是炫目的阳光逼人,一条生满疥癣的狗嗅着一堆动物内脏,搜寻着可吃的东西,苍蝇在上面嗡嗡乱飞。两三只鸡刨着路面,一只鸡蹲在灰尘里抖着翅膀。店铺对面,一个赤身裸体、肚子鼓胀的华人小孩想要用路上的灰尘堆出沙堡来,苍蝇绕着他飞,落在他身上,但是他不在乎,一心玩着游戏,没有驱赶苍蝇。然后走过来一个土著,身上除了一条褪色的纱笼外什么都没穿,肩上挑着根扁担,两头的箩筐装满了甘蔗,匆忙行走的双脚踢起灰尘。店铺里一位店员伏案忙着用毛笔和中文写文书,一位坐在地上的苦力卷好香烟,一支接一支地抽着。没人进店卖东西。桑德斯医生要了一杯啤酒,店员放下手头的文书,走到店铺后面从一桶水中拿出瓶啤酒,连同一个玻璃杯一起端给医生。啤酒是凉的,沁人心脾。

  时间缓慢难以打发,但医生并没有什么不满意,小事也能让他自娱自乐,生疥疮的狗、瘦弱的鸡、肚子鼓胀的孩子等都是消遣,他慢慢呷着啤酒。

四

他抬起头来,吃惊地叫了一声,看见尘土路中间走过来两个白人。并没有船靠岸,他好奇他们是从哪儿来的。他们散漫地走着,东看西看,像是第一次上岛的陌生人,穿着邋遢的长裤和背心,戴着脏兮兮的软木帽子。他们走上前来,看见他坐在店铺门口,停住了脚步。其中一人跟他打了个招呼。

"这是金青的店吗?"

"是。"

"他在吗?"

"不在,他生病了。"

"运气不好。我想我们可以喝一杯。"

"当然。"

说话的人转向同伴。

"进去吧。"

他们进来了。

"你们想喝什么?"桑德斯医生问道。

"我要一瓶啤酒。"

"我也一样。"另一个人说。

医生告诉苦力他们要什么。他拿了啤酒,还给陌生人端来了椅子。其中一位是中年人，蜡黄的脸上布满皱纹，头发花白，留一撮小胡子。他比中等身材略高一点，说话时露出一口烂牙。他眼神狡猾不安，双眼颜色很淡，靠得很近，给人一种狐狸的感觉，但举止是讨好的。

"你们从哪儿来？"医生问。

"我们刚刚从一艘帆船上下来，从星期四岛来的。"

"这办法不错。一路上天气还好吗？"

"再好不过了。风和日丽，没有半点风浪。我叫尼克尔斯，尼克尔斯船长，你大概听说过我。"

"我没听说过。"

"我在这一带海域航行三十年了，没有哪个小岛我没去过，在这一带算是挺有名的。金青认识我，认识二十年了。"

"我自己是外来客。"医生说。

尼克尔斯船长打量着他，虽然神色自若，表情友好，但给人的感觉是眼神中带着怀疑。

"你的脸好像挺熟，"他说，"我可以发誓在什么地方见过你。"

桑德斯医生笑了笑，但没有主动提供关于自己的任何信息。尼克尔斯船长眯起眼睛竭力回想在哪里遇见过这位小个子。他仔细打量医生的脸。医生个子矮小，只有五英尺六英寸，而且瘦弱，但肚子有点大。他柔软的双手胖乎乎的，手很小，手指修长。如果他好虚荣的话，可以想见曾经有段时间他肯定对这双手不是一般地满意。这双手现在还有点好出身人家的那种优雅。他人长得丑陋，有个短平的翘鼻子和一张大嘴；他经常大笑，笑起来露出一口参差不齐的大黄牙。浓密的灰色眉毛下绿色的眼睛闪闪发亮，显得聪明有趣。他没有好好剃须，皮肤疙疙瘩瘩；他脸色红润，颧骨上面有一块皮肤红得发紫，表明心脏长期有点问题。他的头发过去肯定又厚又黑而且粗硬，但是现在已经几乎全白，头顶也很稀疏了。但是他的丑陋一点不招人讨厌，反倒很有吸引力。他笑起来眼睛下面的皮肤打皱，笑容无比生动，表情极度不怀好意，但并不真的恶毒。你会把他当个小丑，如果不是他眼中闪烁着精明的目光的话。他的机智一目了然。他虽然乐呵呵的，喜欢开玩笑，不管是自己的还是别人的玩笑都令他高兴，但是你依旧有个印象，即使他在笑得忘乎所以的时候，也绝对不会完全暴露自己。他似乎总是十分警觉，虽然他乐于聊天，但是不管他的态度多么诚恳，你还是觉得（如果你注意观察，并且不让自己被他表面的坦率所骗）那双乐呵呵的眼睛在观察着、权衡着、判断着，并且有自己的主意。他不是一个只看事物表面价值的人。

医生没吭气，尼克尔斯船长接着说：

"这是弗雷德·布莱克。"他说，拇指朝同伴动了动。

桑德斯医生点点头。

"在这儿待很久吗？"船长继续说。

"我在等荷兰邮轮。"

"北上还是南下？"

"北上。"

"你刚才说你叫什么名字？"

"我没说过名字。桑德斯。"

"我在印度洋这一带晃荡太久了,不习惯提问题了,"船长讨好地笑着说,"不提问题,就不会有人对你撒谎。桑德斯?我认识很多家伙都叫这名字,但除了他们自己没人知道那是不是他们的真名。老金青有什么毛病?他是个有意思的老家伙。我盼着同他好好唠唠嗑。"

"他眼睛不行了,白内障。"

尼克尔斯船长坐直了身体,伸出手来。

"桑德斯医生。我就知道见过你。福州。我七年前去过那里。"

医生握了握伸出来的手。尼克尔斯转头对他朋友说:

"大家都认识桑德斯医生,远东最好的医生,专治眼病。我过去有个朋友,大家都说他会瞎,没有指望了。他去看这位医生,才一个月就能像你我一样看东西了。中国佬用他来赌咒发誓,桑德斯医生。哎呀,真是太高兴太意外了。我还以为你一年到头从来不离开福州呢。"

"嗯,我现在就离开了。"

"我运气蛮好,你正好是我要找的人,"尼克尔斯船长倾身向前,狡猾的眼睛紧紧盯着医生,带着一种近似威胁的眼神,"我消化不良,很可怕。"

"噢,拜托了。"弗雷德·布莱克嘟囔着。

他们坐下来之后,这还是他第一次开口说话,桑德斯医生转头看看他。他靠在椅子里,咬着指甲,神态有点厌倦无聊,脾气不大好。他是位高个子年轻人,瘦削但灵活,一头暗褐色鬈发,蓝色大眼睛,看上去不超过二十岁。他穿着肮脏的背心和工装裤,貌似有些粗野,一个没人管的小兔崽子,医生心想。他神情粗暴,有点令人不快;但是他鼻梁笔直,嘴形很好。

"别再咬指甲了,弗雷德,"船长说,"我觉得这习惯太恶心。"

"你和你的消化不良。"年轻人回嘴道,还呵呵笑了一声。

他笑起来时露出一口整齐的牙齿,雪白、小巧,形状完美;长在那张阴沉沉的脸上,出人意料之外的优雅,漂亮得耀眼,令人吃惊。他郁闷的笑容看上去却非常甜蜜。

"你笑吧,你又不知道那是什么滋味,"尼克尔斯船长说,"我受够了折磨,别说我吃东西不当心,我什么都试过了,什么都不起作用。现在这啤酒,你以为我不会因此受罪?你像我一样明白我会的。"

"接着说,把一切都告诉医生。"布莱克说。

尼克尔斯船长正巴不得呢。他开始讲述病史,以科学的精确性描述症状,不落下任何令人恶心的细节,细数所有看过的医生和尝试过的良药偏方。桑德斯医生默不作声地听着,脸上挂着同情和感兴趣的微笑,偶尔点点头。

"如果说还有人能为我想出点办法来的话,那这个人就是你了,医生,"船长诚恳地说,"不用别人来告诉我你很聪明,我自己也看得出来。"

"我也没办法创造神迹,不能指望有人对你这样的慢性病一下子就能帮很大的忙。"

"不,我当然不指望那个,但你总可以为我开点药,对吧?没有什么是我不肯试一下的。我想要你彻底给我检查一下,行吗?"

"你要在这里待多久?"

"我的时间自己做主。"

"但是我们一拿到想要的东西,就要继续上路的。"布莱克说。

二人迅速对看了一眼,桑德斯医生注意到了。他不知道为何有个印象,这事情有点奇怪。

"你们为什么上这里来?"他问。

弗雷德·布莱克的脸又阴沉了下来,医生提问的时候,他瞥了他一眼。桑德斯医生在目光中看出了怀疑,或许还有害怕。他觉得好奇。答话的是船长。

"我认识金青很多年头了。我们想要储备些货物,还可以顺便灌满油箱。"

"你们做生意吗?"

"可以这么说吧。万一有什么机会,我们反正不会放过。谁会呢?"

"你们带些什么货物?"

"什么都带一点。"

尼克尔斯船长和蔼地笑了笑,露出一嘴黑黄色烂牙,看上去贼眉鼠眼,一点不老实。桑德斯医生猜他们也许走私鸦片。

"你们不是要去望加锡吧?"

"可能会去。"

"那是份什么报纸?"弗雷德·布莱克突然问,指着柜台上放着的报纸。

"哦,那是三周前的了。我乘船来时带来的。"

"你这里有澳大利亚报纸吗?"

"没有。"

桑德斯听见这话呵呵笑了。

"报上有什么澳大利亚的消息吗?"

"是荷兰语的,我不认识荷兰语。反正你在星期四岛上会找到更新一点的消息。"

布莱克皱了皱眉。船长狡猾地咧嘴一笑。

"这里不是宇宙中心啦,弗雷德。"他偷笑了。

"你们这里什么英文报纸都没有吗?"布莱克问道。

"时不时会有份香港报纸落到这里来,或者是《海峡时报》,但都是一个月前的了。"

"他们就从来听不到什么新闻吗?"

"只有荷兰船只带来的消息。"

"他们没有电报或者无线电吗?"

"没有。"

"如果有人不想要警察来找麻烦,那我觉得他在这里倒是蛮安全的。"尼克尔斯船长说。

"反正能躲一阵子吧。"医生表示同意。

"再来一瓶啤酒,医生?"布莱克问道。

"不,不了。我回客栈去了。如果今晚你们两人愿意来吃饭的话,我可以为你们弄一顿饭吃。"

这话他是对布莱克说的,因为有点觉得他当下就会拒绝,但答话的却是尼克尔斯船长。

"那太好了,换换船上的口味。"

"你不会想为我们特地麻烦的。"布莱克说。

"不麻烦。我六点钟到这里来同你们碰头,一起喝几杯,然后再上去。"

医生起身点点头,离开了。

五

但是他没有马上回客栈。他对那两位陌生人如此热情地发出邀请,并非心血来潮突然好客,而是在跟他们聊天时想到了一个主意。既然他已经离开了福州和诊所,就不急着回家了,他已经打定主意先去一趟爪哇再回去工作,毕竟这是他多年来第一次休假。想到如果他们能让他搭乘那条帆船,即使不去望加锡,至少也能去某个船只往来更为频繁的岛屿,他可以在那里找到一条轮船带他去想去的地方。他本来已经无可奈何地准备就在塔卡纳再待上三周,似乎没有办法离开;但是金青已经不再需要他的服务,而且现在机会来了,他不由自主地极其渴望利用这个机会。待在这地方无所事事,突然变得无法忍受起来。他沿着只有不到半英里长的大街走下去,一直走到海边。这里没有码头,椰子树生长到水边,掩映着岛上居民的小屋。孩子在玩耍,瘦骨嶙峋的猪在一堆堆垃圾中翻寻。笔直的银色海岸线上停靠着几只帆船,周围还有些独木舟。珊瑚沙子在烈日下闪光,你即使穿了鞋,脚板底下也还是火热,一走动,丑陋的螃蟹就四下逃窜。一只帆船底朝天倒扣着,三个身着纱笼的马来人围着船在忙乎。几百码外有些礁石围成了一个小礁湖,里面的海水清澈而深不见底。一群男孩在浅水里扑腾。金青的一只纵帆船抛锚停着,不远处就是那两位陌生人的小帆船,在金青整洁的船只旁边看上去很寒酸,漆差不多全都剥落,要穿越无边的大海,似乎太小了,桑德斯医生犹豫了一下。他抬头看看天,晴空无云,没有风吹动椰子树叶。海滩边停靠着一只小救生艇,他猜那两人就是用这小艇划上岸的。他看不到船上有船员。

他仔细看了一阵之后,回头慢慢走到客栈。他换上中式裤子和短袍,长久习惯这样穿着最为自在,他拿了本书走出去坐在游廊上。客栈四周种着果树,对面道路另一边有个漂亮的椰树林。高大的椰树身姿摇曳,排列整齐,明亮的阳光穿透树叶,泼洒在地上,形成奇特的黄色光影。他身后的厨房里,仆役在准备午餐。

桑德斯医生不怎么爱读书,很少打开一本小说。他对人物更感兴趣,喜欢呈现复杂怪异人性的书籍,他一读再读《皮普斯日记》和鲍斯威尔的《约翰生传》,弗洛里奥翻译的蒙田随笔,哈兹里特的散文等。他喜欢旧的旅行书籍,津津有味地翻看哈克鲁特①游记中有关他从未去过的国家的记述。他的书房里有大量早期传教士撰写的有关中国的书籍。他读书既不为获取信息也不为益智,主要还是陶情怡性。他读书有自己独特的幽默感,能够从教士们的传教活动记述中找到些一本正经的乐趣,恐怕常常会令作者本人也感到吃惊。他是个沉默寡言的人,聊起天来也令人舒适,但不是一个非要找你聊天不可的人,他开个小玩笑让自己高兴,也不会觉得非要别人的参与不可。

---

① Richard Hakluyt(1583—1616),英国学者,代表作为《英语民族主要海陆路旅行与发现》(*The Principal Navigations, Voyages, and Discoveries of the English Nation*)。

他现在手里拿着本皮埃尔·胡克①的游记,但读起来有点心不在焉。他的心思全在出乎意料之外出现在岛上的那两个人身上。桑德斯医生在他的东方生涯中遇见过数以千计的人,毫不费力就能猜出尼克尔斯船长是什么人。他是个坏蛋,他的口音听上去是英国人,如果他在中国海这一带晃悠了这么多年,那很可能是曾经在英国惹下了什么麻烦。他面相卑鄙狡猾,一看就不是个诚实的人。如果他现在也只不过是一条破帆船上的船长的话,那就不可能发达到哪里去。桑德斯医生叹了口气,有点讽刺的叹息,没入寂静的空气里,他想到的是无赖付出的劳动极少能得到体面的回报,但是也很有可能尼克尔斯船长就喜欢肮脏的勾当,不愿干正经事。他是那种什么都干得出来的人,你不会放心地让他离开你的视线,他只会让你吃亏上当,你什么事情都不能信赖他。他说他认识金青,很可能他没工作的时间比有工作的时间长,才会很高兴受雇于一位华人老板。他是那种如果你有什么不可告人的勾当,就会去找的人,很可能他曾经当过金青某条船上的船长。桑德斯得出的结论是他还挺喜欢尼克尔斯船长的。他喜欢上了船长亲切友好的态度;这让他的流氓做派有一种讨人喜欢的味道,而他患上的消化不良又额外增添了令人愉快的喜剧效果。

桑德斯对人们抱有一种既不怎么科学也不怎么近人性的兴趣,他只想拿他们取乐。他无动于衷地看待他们,他剖析错综复杂的人生,就好似数学家解析数学题那样感到分外有趣。他不会去拿由此

---

① Évariste Régis Huc(1813—1860),法国天主教教士和旅行家,著有《穿越中华帝国》一书。

知悉的事情派什么用场,他从中得到的满足感是一种美感,而即使了解和判断别人给了他一种微妙的优越感,那他也并没有意识到这一点。他比大多数人都更少偏见,压根儿就不会对什么事情心怀不满。许多人放纵自己罪恶的行为,却对自己不想宽容的人缺乏耐心;有些心胸比较开阔的人能够以比较笼统的宽容态度接受他们,但是这种宽容常常只是理论上,而非实际上的;但是很少有人能不带厌恶地容忍与自己不同的行为举止。很少有人会因为想到某人曾经引诱过别人的妻子而感到震惊,当他知道有人打牌作弊或者伪造支票时也可能心平气和(虽然当你自己是受害者时,这不容易办到),但是几乎不可能跟不知道如何发H音的人或者用刀叉挑起肉汁的人成为亲密的朋友。桑德斯医生没有这种挑剔意识,他对吃相难看和脓肿溃疡都无动于衷,对与错在他看来同天气好坏差不多,他顺其自然。他做出判断,但不谴责,他笑笑而已。

他很容易相处,很受人喜欢,但是没有朋友。他是很好相处的伴,但既不寻求也不给予亲密。他心底里对世上所有人都漠不关心。他自给自足,他的幸福不靠别人只靠自己。他自私,但是他同时也精明和冷漠,因此很少有人知道他自私,也没有谁会因此而感到不便。因为他一无所求,所以也从来不妨碍别人。金钱对他没有多少意义,他从来不怎么在乎病人是否付费,他们则认为他乐善好施。对他而言时间像金钱一样无足轻重,他给他们看不看病都无所谓。看见他们的疾病一治就好,他感到有趣,他始终能从人性中找到乐趣。他将人与病人混为一谈,每个人都像是一本永无止境的书籍中的一页,居然有如此众多重复之处,反而更加增添了乐趣。看见所有这些人、白种人、黄种人和褐色皮肤的人是如何应对人的危机，非常有意思，但是所见的景象既不令他感动，也不会让他伤脑筋。死亡毕竟是每个人生命中最大的事件，他从来没有停止过对人们面对死亡的方式感兴趣。他带着一份激动的心情试图洞察人们的意识，琢磨那些害怕、蔑视、阴郁或者无可奈何的眼神，审视初次意识到人生之路已经走到了尽头的人们的心灵。但是这份激动主要还是出于好奇心，他的情感不受影响，他既不悲伤也不怜悯，他只是略微有点好奇：为何有些事情一个人觉得那么重要，而另一个人却完全无动于衷？但是他的举止却充满同情，他准确地知道该说什么话来减轻人们当时的惊恐或痛苦，他让所有人都感到更加坚强、得到宽慰、受到鼓励。这是他玩的一种游戏，能够把游戏玩好令他感到满足。他天生善良，但这种善良出自本能，并非因为对接受善意的人们感兴趣；如果你身处困境，他会来解救你，但是如果没法让你摆脱困境，他就不会再为你担忧。他不喜欢杀死活物，他不打猎也不钓鱼，他这么做的理由不过是认为一切造物都有生命的权利，他情愿挥手赶走一只蚊子或者苍蝇而不是拍死它。也许他是一位极其讲究逻辑的人。不可否认他为人处事很善良（如果你不将善良局限于符合你自己的情感所在），因为他与人为善，乐善好施，致力于减轻痛苦，但是如果只有动机才与是否公义相关，那他不值得称赞；因为他的行为并不受爱、怜悯或者慈悲心的影响。

六

桑德斯医生坐下来吃午餐,吃完以后去卧室床上躺下。但是天太热,他没法入睡。他好奇尼克尔斯船长和弗雷德·布莱克是什么关系。那年轻人尽管穿一身工装服,可是看上去并不像水手;医生不大明白为什么,但想不出更好的理由,只能猜测那是因为海上的经历还没有在他身上显露出来。很难猜测他的身份。他说话带着某种澳大利亚口音,但显然不是个粗人,可能还受过一些教育:他的举止似乎还挺不错。也许他家人在悉尼做点生意,他习惯了舒适的家和体面的环境。但是他为何会乘一艘打捞珍珠的船只在这片孤独的海域航行,还跟着一个像尼克尔斯船长这样的无赖,则颇费猜测。当然这二人也可能是伙伴关系,但究竟倒腾些什么营生还有待了解。桑德斯医生有点相信那肯定不是什么诚实的事情,反正不管是什么,弗雷德·布莱克总归会是吃亏的一方。

桑德斯医生赤身裸体,可还是大汗淋漓。他两腿之间夹着一个竹夫人,那是这一带用来乘凉的垫枕,许多人惯于用此,即使气候宜人时睡觉也少不了它;但医生觉得不习惯,感到恼火。他把垫枕扔到一边,转身仰卧。客栈花园里和对面的椰林中有成群的蚊蝇嗡嗡叫着,嘈杂声持续不停。平时已经麻木了,对此充耳不闻,但是现在这声音却响亮到足以唤醒死人,扰乱他的神经。他放弃了睡觉的企图,裹上一条纱笼,又坐到外面的门廊上去。这里像屋内一样闷热,他感到很疲倦,心里躁动不安,但异常灵活,脑子里的想法窜来窜去,好似发动机出了故障不肯启动。他试着洗个澡凉快一下,但并没有变得更加清醒,依旧感觉燥热不安。门廊上令人难以忍受,他再次睡到床上去。蚊帐里的空气似乎静止不动,他无法阅读,无法思想,也无法休息。时间挪着沉重的脚步。

他终于被台阶上的声音唤醒,出去看见是金青派人捎信来让去见他。医生早上已经专程去看过这位病人,没有什么需要他做的,但他还是穿上衣服赶去了。金青听说了帆船到来的消息,好奇地想知道来人想要什么。他听说医生上午同他们在一起待了一个小时。岛上这么多财产都属于他,他不大愿意有陌生人上岛。尼克尔斯船长已经捎话来说要见他,但是这位华人已经回复说他病得厉害,不能见任何人。船长声称认识他,但是金青不记得有他这么个人。已经有人对他详细描述过此人,医生的叙述并不能派上更多用场。似乎他们要待上两到三天。

"他们告诉我说这两人一大早启程。"桑德斯医生说。他想了一下,"也许当我告诉他们岛上既没有电报也没有无线电时,他们改变了计划。"

"他们船上除了压舱的东西之外什么都没有,"金青说,"只有石头。"

"压根没货物?"

"什么都没有。"

"鸦片?"

金青摇摇头,医生笑了。

"也许只是出来玩玩。船长胃有毛病,他要我给他想个办法。"

金青惊呼了一声。这提醒了他,他想起来了。尼克尔斯船长曾经在他的一条帆船上工作过,八九年前吧,后来被解雇了,因为起了纠纷,但是金青一点也不愿意详细谈论此事。

"他是个无赖,"金青说,"我本来可以让他坐牢的。"

桑德斯猜测无论两人之间有什么交易,那肯定不是正大光明的,很可能尼克尔斯船长知道金青不敢冒险去告他,才拿了超出自己应得的好处。这个华人的脸色很不好看,医生现在对尼克尔斯船长了解得一清二楚。他丢失了证书,因为同一家保险公司有点麻烦,从那以后他就很乐意受聘于不怎么特别在意这种事情的雇主。他曾经酒喝得很凶,直到肠胃开始报复他。他尽量对付着过日子,常常在岸上闲着,但他是一流的水手,总能找到工作。他干不长,因为没法老老实实。

"你告诉他最好还是赶快滚他妈的蛋。"金青最后还说了句英语。

七

桑德斯医生再次走到金青的店铺时,已经天黑了。尼克尔斯和布莱克坐着在喝啤酒,他带他俩去客栈。船长絮絮叨叨不停,全是玩笑八卦,但是弗雷德一直闷不做声。桑德斯医生意识到他并不愿意来,他走进小平房的起居室时,怀疑的目光迅速扫了一眼四周,仿佛期待着什么,屋子里的壁虎猛地吱吱叫了一声,吓了他一跳。

"不过是条蜥蜴。"桑德斯医生说。

"吓我一跳。"

桑德斯医生喊来仆役阿凯,让他去拿威士忌和几个杯子。

"我不敢喝这个,"船长说,"对我是毒药。有些东西不能吃不能喝,否则就会因此受罪,你觉得这是什么感觉?"

"让我想想有什么办法。"桑德斯医生说。

他去打开药箱,用个杯子混合了一些什么,递给船长,让他喝下去。

"也许这可以让你舒舒服服吃顿饭。"

他给自己和弗雷德·布莱克倒了威士忌,打开留声机。年轻人听着音乐,表情变得更加警觉;唱片到头以后,他自己又放上一张,轻轻随节奏摇晃着,看着留声机。他偷偷看一两眼医生,但是医生装着没有注意他。船长狡猾的眼睛从来不会停留在一个地方,他继续聊着,内容不外乎询问福州、上海和香港的这个那个人,还有就是讲述他在那些地方参加过的各种大家喝得醉醺醺的派对。阿凯端来晚餐,他们坐了下来。

"我喜欢吃东西,"船长说,"不要那种花里胡哨的,我喜欢简单的好东西。我吃不多,从来就吃不多,一块肉,一些蔬菜,最后再加点奶酪,我就满足了。你不可能吃得比这再简单了对吧?然后,过了二十分钟——就像钟一样准——难受啊。跟你说吧,如果你像我这样受罪,真不值得活在世上。你认识老乔治·沃罕吗?他是最好的水手之一。他曾经在一艘怡和洋行的船上,经常去厦门。他的消化不良太厉害了,后来自己上吊死了。如果哪天我也这样,也没啥稀奇。"

阿凯厨艺不错,弗雷德·布莱克大吃了一顿。

"吃过船上那些东西之后,这一顿真是太好了。"

"大多是罐头,但是这小伙子加了些味道。中国人是天生的好厨师。"

"这是五个星期以来我吃的最好的一顿饭。"

桑德斯医生记得他们说是从星期四岛过来的。他们说一路上都是好天气,那最多只需要一周的时间。

"星期四岛是什么样的地方?"他问。

是船长回答的问题。

"鬼一样的地方,除了船什么都没有。风往一个方向刮六个月,然后另一个方向再刮六个月。搞得人心里发慌。"

尼克尔斯船长说话时眼睛闪闪发亮,似乎明白医生简单的问题后面隐藏着什么,他这么试探也令他觉得有趣。

"你住在那里吗?"桑德斯医生问年轻人,脸上是诚实的笑容。

"不,布里斯班。"他径直回答。

"弗雷德有点资产,"尼克尔斯船长说,"想好好看看有没有可能在这一带找到什么投资机会。那其实是我的主意。你看,我对这些岛全都了解得一清二楚,我想说的是这里对于一个有点资产的小伙子会有很多难得的好机会。要是我有点资产的话,就会找个岛买下一家种植园。"

"还可以捕捞一些珍珠。"布莱克说。

"你想要什么劳动力都可以找得到,土著就只有劳动力。然后你就坐着等别人为你干活吧。真是好日子,对个年轻人来说简直太好了。"

船长骨碌碌转悠的眼睛停顿了一会儿,落在桑德斯医生没有表情的脸上,不难看出他在观察他的话会产生什么效果。医生感到他们下午才临时拼凑了这个故事。船长看出医生不相信他们的话,就乐呵呵地笑了。似乎他那么热爱撒谎,以至于如果你信以为真,那他倒要觉得无趣了。

"所以我们才到这儿来,"他接着说,"这里没有多少岛屿是金青不知道的,我想到我们可能还会去跟他做点生意。我已经让店里的伙计转告那个老家伙我来了。"

"我知道,他告诉我了。"

"你见过他了?他说了我什么话吗?"

"说了,他说你他妈的最好赶紧滚蛋。"

"为什么？他为啥跟我过不去？"

"他没说。"

"我们曾经有过一点争执，这个我知道，但那都是猴年马月的事情了。没理由一直跟人家过不去，应该忘记和宽恕，是吧？"

尼克尔斯船长有种难得的素质，他可以对别人耍诡计，但是不会对别人耿耿于怀，他不明白受害的一方可能会一直怀恨在心。桑德斯医生注意到这一点，事不关己地感到有趣。

"我的印象是金青记性很好。"他说。

他们东拉西扯地聊着。

"你知道吗，"船长突然说，"我觉得今晚我不会消化不良了。嗯，你给我的是什么东西呀？"

"我配制了一点药，觉得对你这样的慢性病会有用。"

"你要再多给我一些就好了。"

"下次也许就没什么用了。你需要对症下药。"

"你觉得可以治好我吗？"

医生看见机会来了。

"这个我不能肯定。如果可以观察你几天，试试一两种药，也许可以帮到你一点。"

"我很愿意在这里待上一阵，让你给看看。我们不急。"

"金青怎么办呢？"

"他能怎么办？"

"算了吧，"弗雷德·布莱克说，"我们不想在这里惹什么麻烦。我们明天就起航。"

"你说起来容易,你又不像我这样受罪。听着,我告诉你该怎么办。明天我去见那个老鬼,看看他到底为啥跟我过不去。"

"我们明天起航。"另一个人又重复了一遍。

"我说起航才起航。"

二人彼此看了一眼。船长笑着,还是照常那副狐狸一般的亲切面容,但是弗雷德皱着眉,生着闷气。桑德斯医生打断了即将爆发的争吵。

"我觉得你并不像我那样了解中国人,船长,但你肯定多少还是有些了解他们。如果他们有心要插你一刀,就不会随便放过你。"

船长捶着桌子。

"那不过是几百英镑的事情。老金青有钱得要死,对他有什么关系?反正他就是个老混蛋。"

"你难道没注意到,最让一个混蛋伤心的就是被另一个混蛋耍了?"

尼克尔斯船长阴郁地皱皱眉。他生气地一翻眼皮,那双靠得很近的绿色小眼睛似乎都连在一起了。他看上去是个不好惹的人,但听了医生的话,他往后一靠笑了起来。

"说得好,我喜欢你,医生,你不在乎自己说什么,对吧?嗯,世上什么样的人都有。睁大眼睛,让魔鬼去对付其他事情吧。我说,你有机会捞点钱的时候不捞,你就是个傻瓜。当然大家都会不时出点差错,但你事先不可能知道事情结果会怎样。"

"如果医生再给你一些那玩意儿,告诉你该怎么办,你会没事的。"布莱克说。

他脾气好了起来。

"不,我不会那么做,"桑德斯医生说,"但是让我告诉你该怎么办:我烦透了这个上帝都懒得管的岛,我想离开这里;如果你让我搭乘你的帆船去帝汶或者望加锡或者苏腊巴亚,你就可以好好得到治疗了。"

"这倒是个办法。"尼克尔斯船长说。

"该死的烂主意。"另一个人喊道。

"为什么?"

"我们不能搭载乘客。"

"我们可以让他上船。"

"船上没地方住。"

"我猜医生不挑剔。"

"一点不。我会自带食品和酒。我会去金青的店里买很多罐头,他还有很多啤酒。"

"不行。"布莱克说。

"听着,我的小伙子,这条船上谁做主,你还是我?"

"嗯,如果实话实说,那得我做主。"

"忘掉这个想法吧,小伙子。我是船长,我说啥就是啥。"

"是谁的船啊?"

"你知道得非常清楚是谁的船。"

桑德斯医生好奇地看着他们。他锐利明亮的眼睛没有错过任何事情。船长不再亲切和蔼,脸上起了红斑,而年轻人看上去则暴跳如雷,他握紧了双拳,头直朝前冲。

"我不会让他上船的,说到做到。"他叫喊道。

"噢,算了吧,"医生说,"又不碍你什么事情。也就是五六天而已。做人大方一点吧,如果你们不捎上我的话,天知道我还要在这里待多久。"

"那是你自己的事情。"

"你为啥跟我过不去?"

"跟你没关系。"

桑德斯医生疑惑地看了他一眼。布莱克不单单在生气,他还很紧张,那张英俊阴郁的脸上没有一点血色。奇怪他居然会这么不愿意让他上船,在这一带海域人们并不在乎这种事情。金青说他们没有带货物,但也可能是不怎么占地方很容易隐藏的货物。吗啡和可卡因都占不了多大空间,如果你能把货物送对地方,就可以赚大钱。

"你可以帮我一个大忙。"他温和地说。

"抱歉,我不想搞得像个不讲义气的人,但是我和尼克尔斯是到这里来做生意的,没有办法特地绕路送人去我们不想去的地方。"

"我认识医生有二十年了,"尼克尔斯说,"他没问题。"

"你今天早上之前根本没见过他。"

"我知道他所有的事情,"船长嘻嘻笑着,露出一口烂黄牙,桑德斯觉得他应该去把牙拔了,"而且如果我听到的消息没错的话,他们也拿咱们没啥办法。"

他精明地看了医生一眼。看见他和蔼友好的笑容后面隐藏着强硬,这很有趣。医生迎着他的目光没有躲闪,你看不出来他是理解了船长的意思,还是不明白船长在说什么。

"我不大管别人的闲事。"他微笑着说。

"自己活,也让别人活,对吧。"船长说,脸上是无赖才有的那种友好和宽容。

"我说了不行,那就是不行。"年轻人固执地说。

"噢,你真是烦死人,"尼克尔斯说,"又没啥可怕的。"

"谁说我怕了?"

"我说的。"

"我没什么可怕的。"

他们快速地来回斗着嘴,越来越恼怒。桑德斯医生好奇他俩究竟有什么不可告人的秘密,显然这秘密同弗雷德·布莱克而不是尼克尔斯关系更大。这无赖总算有一次没有良心负担。他猜尼克尔斯船长这样的人不会让任何有秘密让他知道了的人日子好过。但是不知为何他有种印象是无论那是什么秘密,尼克尔斯船长并不知道,他不过是怀疑而已。但是医生急着要上船,不想自动放弃自己的打算。耍点心机来达到目的令他感到有趣。

"听着,我不想惹你俩吵架,如果布莱克不想要我的话,那就算了。"

"但是我要你,"船长反驳道,"这是我求之不得的机会,如果世界上还有谁能让我的消化力恢复正常,那个人就是你了,你以为我会错过这样的机会吗?想都别想。"

"你就只惦记着自己的消化,"布莱克说,"我相信如果你想吃什么就吃什么,别管那么多,你什么事都不会有的。"

"哦,真的吗?我猜你对我的消化器官比我还了解,我猜你知道什么时候一小块烤面包会像一吨铅那样堵在我胃里,我猜下次你会说那都是我自己想象出来的。"

"嗯,如果你问我的话,我会说想象的作用比你知道的还要大。"

"你这婊子养的。"

"你说谁是婊子养的?"

"我说你是婊子养的。"

"噢,住嘴吧。"医生说。

尼克尔斯船长大声打了个嗝。

"这混蛋又把它惹出来了。这是整整三个月以来我第一次吃了饭后可以坐下来,感到舒舒服服,结果现在他又把它给惹出来了。这样的难受会让我送命的,我简直提心吊胆,总是这样。我还以为终于可以好好过一个晚上,结果全被他毁了。我的消化不良实在太可怕了。"

"很遗憾会这样。"医生说。

"他们都这样说;他们都说:船长,你太紧张了。很脆弱?你比个小孩还脆弱。"

桑德斯医生非常同情。

"跟我想的一样,你需要观察;你的肠胃需要调养。如果我能跟你们一起上船,就可以一心一意来调养你的消化系统让它发挥正常功能。我不能说六七天之内就能治好,但至少可以让你有个开始。"

"但谁说了不让你上船呢?"

"布莱克说了,我猜他才是老板。"

"噢,是吗?嗯,你错了。我是船长,我说的话算数。收拾好你的行李,明天一早上船。我聘你做船员。"

"你不能这样做,"布莱克说,跳了起来,"我同你一样有话语权,我说他不能来就不能来,我不想让任何人上船,就这么着了。"

"噢,你说不能吗?如果我把船直接开到英属北婆罗洲,英国人的领土上去,你会怎么说,我的小伙子?"

"那你要小心自己别出什么意外。"

"你以为我会怕你?你还没生下来我就满世界跑,你还以为我不知道如何看好我自己?你会插一把刀在我背上,对吧?那谁来开船呢?你和那四个黑鬼吗?笑都笑死了,真是的,你连船头和船尾都分不清楚。"

布莱克又握紧了拳头。两个人怒目而视,但是船长的眼神中带着讥笑。他知道如果摊牌的话,是他胜券在握。另一个人轻轻叹了口气。

"你想去哪里?"他问医生。

"任何荷兰人的岛都行,只要我能再搭上一条带我上路的船。"

"好,那就来吧。反正比跟那个人一直单独待在一起要强。"

他憎恶而又无奈地看了船长一眼。尼克尔斯船长好脾气地笑了起来。

"对了,我的小伙子,你有人做伴了。我们明天十点出发。你行吗?"

"完全没问题。"医生说。

八

桑德斯医生的客人早早离开了,他拿着书在一张藤条长椅上躺下,看了看表,刚过九点。他习惯一晚上抽六管鸦片烟,喜欢从十点开始。他等着这个时间,没有心神不宁,但带着期待的微微颤抖,这令人感到愉快,他也不会去缩短等待时间,提前纵容自己。

他喊来阿凯,告诉他,他们早上要去搭乘那两个陌生人的船。仆役点点头,他也很高兴能够离开。他十三岁时桑德斯医生就雇了他,现在他十九岁了,是个秀气的男孩,一双黑色大眼睛,皮肤像女孩一样平滑,一头乌黑的头发剪得很短,像顶小帽子一样贴着头皮。他椭圆形的脸庞有着老象牙的颜色,他很会笑,一笑露出两排极为细巧的牙齿,雪白的,整整齐齐。他穿着白色的棉布中式短裤,无领紧身上衣,有一种懒洋洋的悠闲,奇怪而动人。他走路静悄悄的,举止像一只猫那么谨慎优雅。桑德斯医生有时很得意地认为阿凯对他挺有感情。

十点钟了,他合上书,喊道:

"阿凯。"

仆役进来,桑德斯医生平静地看着他从一张桌上端来小盘子,上面有油灯、针、烟管和罐装鸦片烟。仆役把盘子放在医生身边的地上,自己蹲下来,点着了灯。他把针放在火上,然后用烤热了的针头从罐中挑出一些鸦片;灵巧的手指把鸦片搓成一个球,熟练地在黄色的小火苗上烤着。桑德斯医生看着烟球嘶嘶地鼓起来,仆役把它从火上移开,揉了揉,又烤了一下;把它塞进烟管,递给了主人。医生接过来,像个鸦片烟老手那样快速地猛吸了一口,吸入甜丝丝的烟气。他让烟在肺里停留了一会儿,然后再慢慢呼出来。他把烟管递回去,仆役把余渣刮出来放在盘子上,再次加热烟针,开始烤另一个烟球。医生抽了第二管烟,然后是第三管。仆役起身去厨房,端回来一小壶茉莉花茶,倒进一只中式茶碗里。一时间茶香淹没了鸦片的辛辣气味。医生在长椅上躺下,头靠着软垫,看着天花板。他们没有说话。院子里非常安静,只有一只壁虎尖利的叫声打破寂静。医生看着它贴在天花板上一动不动,是只黄色的小动物,看上去像迷你型史前怪物,偶尔有苍蝇或者飞蛾引起它注意时,它才快速地动弹一下。阿凯自己点了支香烟,拿起一把奇怪的弦乐器,看上去像班卓琴,他轻轻地弹奏着自娱自乐。微弱的音调在空中回旋,断断续续,即使你间或听到有曲调开始,那也不成旋律,是听觉被骗了;这是一种徐缓哀怨的音乐,像花香杂陈那么时有时无,让你听到的只有隐含的意思,这里那里一点暗示,仿佛有点韵律,在你的心灵中营造出一种超出听觉之外的微妙乐感。不时有尖锐的不和谐音,好似铅笔在石板上划过,突然一下震撼神经,让心灵为之一动,身体感受到震颤,好似炎热中跳进冰凉的水池那么叫人心旷神怡。男孩坐在地上,神态自然优美,若有所思地拨着琴弦。桑德斯医生不明白是何种莫名的情感打动了他,他忧郁的面容不露声色,似乎在记忆中搜寻曾经在某个遥远的过去邂逅的曲调。

男孩抬起头,瞬间迷人的笑容照亮了他整个面庞,他问主人是否准备好了。医生点点头。阿凯放下琴,再次点燃小灯。他又装好一管烟。医生抽了这管烟,又再抽了两管。这就是他的限量了。他经常抽鸦片,但很有节制。然后他又躺下,陷入沉思。阿凯给自己装了两管烟,抽完之后熄灭了灯。他在一张席子上躺下,头颈下放个木枕头,很快就睡着了。

但是医生心情舒畅平和,思索着存在的奥秘。他躺在长椅上,感觉如此惬意,以至于都没有意识到身体的存在,除了感觉舒适加上精神的愉悦和放松。在这种状态下,他的灵魂俯视肉体,带着充满柔情的宽容,好似看待一位你感到厌倦却对他的爱心存感激的朋友。他心智异常灵敏,但心智的活动并没有使他感到焦虑或者不安;心智活动充满力量感,就好似一位伟大的物理学家在他的符号中活动,透明澄澈的心智有着纯粹美的绝对喜悦,它本身就是目的。他是时空的主宰,如果他愿意的话,没有他解决不了的问题;一切都清澈透明,一切都简单明了;但是想要解除身而为人的困难似乎是愚蠢的,因为你心满意足地知道自己随时可以这么做。

九

　　桑德斯医生起床早。天刚亮,他就走到游廊上喊来阿凯。仆役端来早餐,包括一种叫作"夫人手指"的小香蕉、必不可少的煎鸡蛋、烤面包和茶。医生胃口很好。没有多少行李要收拾,阿凯的几件衣服放在一只褐色纸皮包裹中,医生的用了一个中国制白色猪皮箱。医药和外科手术用品全都装在一个中等大小的铁皮盒子里。三四个土著等在游廊的台阶下面,是来求医的病人,他一边吃早餐一边把他们一个个叫到面前。他告诉他们自己上午就要离开了,然后再走去金青家。金青的房子位于椰树种植园中,是一幢颇有气派的平房,岛上最大,这里那里都显示出特殊的建筑风格,但是它的装模作样同周围邋遢的环境形成鲜明对照。这幢房屋不附带花园,四周地上到处扔着空罐头盒和包装箱碎片,无人打理。鸡、鸭、狗和猪在垃圾中溜达着寻觅食物。房屋内部是欧式装饰,侧板是烟熏橡木。有你常在美国中西部旅馆见到的那种摇椅,还有几张罩着绒面的茶几,墙上挂着金青和他家众多成员的放大照片,嵌在厚实的金制框架里。

　　金青高大健壮,相貌威严,身穿白色帆布衣服,挂着沉甸甸的金表链。他对手术结果非常满意;他从来没想到现在能看得这么清楚,但还是希望留桑德斯医生在岛上多待一段时间。

医生告诉他要同尼克尔斯船长一起走时,他说:"你竟然会傻到要去坐那条船。你在这里灰常①舒服,为什么不再等等?放松点享受一下,等荷兰船来要好得多。尼克尔斯是个灰常坏的人。"

"你自己也不是什么好人,金青。"

听见这样打趣他,这位生意人露出一排昂贵的金牙齿,慢慢绽开满脸笑容,没有表现出任何不乐意。他喜欢医生,对他心怀感激,他看见没有办法说服他留下来,就不再勉强了。桑德斯医生给了他最后的医嘱,向他道别。金青送他到门口才分手,医生去村里购买路上需要的食物和用品,一袋子大米、一串香蕉、罐头食品、威士忌和啤酒;他让苦力搬运到海边等他,自己先回到客栈。阿凯已经准备好了,那天早上的一位病人愿意挣点小钱,正等着扛行李。他们到海边时,金青的一个儿子已经在那里准备为他送行,他遵照父亲的嘱咐带来了一卷丝绸作为告别的礼物,还有个小小的方包,裹在写有中国字的白色纸张里,桑德斯医生猜到了里面装着什么。

"烟土?"

"父亲说是灰常好的东西,猜你路上没有多少了。"

帆船上没有动静,海滩上也见不到小艇。桑德斯医生喊了一声,但是他的声音细弱低沉,传不远。阿凯和金青的儿子试图喊出人来,也没有谁回应,他们只好把行李和物品放在一只独木舟里,让个土著划船送医生和阿凯过去。他们靠近时,桑德斯医生又喊道:

"尼克尔斯船长。"

---

① 金青将 very 说成 velly。

弗雷德·布莱克出来了。

"哦,是你。尼克尔斯去岸上装水了。"

"我没看见他。"

布莱克没再吭声。医生爬上船,后面跟着阿凯,两个土著把行李和食品递给他们。

"我的东西放在哪里?"

"那里是舱房。"布莱克说,指了指。

医生走下甲板,舱房在船尾,很低矮,人在里面没有办法直起身来,而且一点都不宽敞,主桅杆穿过其中。挂着吸烟灯那块地方的天花板都被熏黑了。有几个装着木制遮光板的小舷窗。尼克尔斯和弗雷德·布莱克的床垫纵向摆放,医生发现他能用的唯一地方是在甲板天窗下面。他又去甲板上,让阿凯把他的席子和行李箱搬下去。

"食物等最好还是放在底舱里。"他对弗雷德说。

"那里还放得下就算你好运气,我们自己的都放在舱房里。告诉你的仆役他可以在船舷下面找个地方,那里还有宽余。"

医生四下里看着。他对航海一无所知,除了偶然闽江上来往之外,他一直都是乘坐大轮船。这么长的旅途,这个帆船看上去太小了,长度只有五十英尺多一点点。他很想问布莱克几个问题,但是他已经走了,显然尽管他同意让医生来,但心里还是不愿意的,一直阴沉着脸。甲板上有几张帆布椅子,医生坐了下来。

不久来了个黑人,身上只穿了一条脏兮兮的围裙,他身体健壮,一头刚硬的鬈发已经完全变灰了。

"船长来了。"他说。

桑德斯医生朝他指的方向看去,看见一只小艇正朝他们划过来。尼克尔斯船长掌舵,两个黑人划桨。他们划到船边,船长喊道:

"尤坦,汤姆,帮忙搬一下箱子。"

另一位黑人从船舱出来了。就这四个船员,全是托雷斯海峡一带岛屿上的人,健壮的高个子,身材健美。尼克尔斯船长爬上船,同医生握握手。

"全都安顿好了吗,医生?芬顿号没啥远洋客轮的气派,但也算得上是条挺好的海船了,能抵挡一切。"

他打量了一眼肮脏邋遢的小轮船,目光中有着一位知道如何对付手头工具的工匠的满足。

"好吧,我们马上就出发。"

他厉声发出命令,张起主帆和前帆,起锚,滑行出了潟湖。天空晴朗无云,太阳直射在闪闪发光的海面上。季风吹拂着,但风力和缓,船轻轻摇动。两三只海鸥围着船飞翔,绕着大圈。不时有一条飞鱼冲破水面,滑行长长一段,又平稳地潜入水中。桑德斯医生读书、抽烟,累了就看看海和经过的绿色岛屿。不久之后,船长把舵轮交给一位船员,过来坐在他身边。

"我们今晚在巴都岛抛锚,"他说,"大约四十五英里。《航路指南》上看着没问题,那里有个抛锚的地方。"

"那是什么地方?"

"哦,就是个无人居住的岛。我们一般都是晚上抛锚。"

"布莱克看上去还是不高兴我上船。"医生说。

"昨晚上我们吵了一阵。"

"究竟什么问题?"

"他只是个孩子。"

桑德斯知道他必须挣够船资,他也知道当一个人把他所有的病状都告诉你,那他就会增加信心,接下来还会告诉你很多其他事情。他开始询问船长的健康问题,没有什么比这更让他乐意详细谈论的了。医生带他去舱房,让他躺下,仔细给他做了检查。然后他们又回到甲板上去,那位灰头发的黑人名叫汤姆·奥布,既是厨师也是乘务员,给他们端来了晚饭。

"来吧,弗雷德。"船长喊道。

他们坐了下来。

"好香,"汤姆·奥布揭开碗盖时,尼克尔斯说,"有什么新东西可吃,汤姆?"

"我的仆人大概帮了忙。"医生说。

"我觉得我可以吃吃这个,"船长舀了一瓢米饭和肉在盘里,吃了一大口,"你觉得怎么样,弗雷德?看样子有医生在船上,我们不会有问题的。"

"比汤姆煮得好吃,这个我得承认。"

他们津津有味地吃着。船长点上了烟斗。

"如果待会儿我不会胃痛,那你就了不起了,医生。"

"你不会痛的。"

"我不懂为啥像你这样的人会住在福州这样的地方,你在悉尼可以发大财。"

"我在福州很好,我喜欢中国。"

"是吧?在英格兰上学的,对吧?"

"对。"

"我听人说过你是个专家,在伦敦有很大的诊所,我不知道真假。"

"不能尽信传言。"

"你居然会丢下一切去住在一个糟糕的中国城市里,蛮有意思。你在伦敦肯定是大把大把地挣钱。"

船长狡猾的小眼睛看着他,笑嘻嘻的脸上不怀好意,但是医生坦然面对他的注视。他笑了,露出那一口黄牙,眼神精明警觉,但没有显示出尴尬。

"还会回英国吗?"

"不,为什么要回去?我的家就在福州。"

"你没错。要我来说,英国完蛋了。我不喜欢那么多清规戒律。为啥不能少管点闲事?我好奇的就是这个。你没有医师注册,对吧?"

他突然抛出这个问题,似乎准备对医生发起突然袭击。但是他遇到了对手。

"可别说你对我没信心哦,船长。你必须相信自己的医生,如果不相信的话,那他就帮不了你什么忙了。"

"相信你?当然,如果我不相信你,你就不会在这里了,"船长变得非常严肃起来;这是同他自己相关的事情,"我知道从孟买到悉尼这一带还没有谁可以跟你比,说实话,如果有人说要费很大力气才能在伦敦找到一个可以跟你相提并论的人，我也不会感到惊讶。我知道你拿过所有该拿的学位，我还听说如果你待在伦敦的话，现在已经是男爵了。"

"我可以告诉你我拿到的学位比我用得上的多。"医生笑了。

"奇怪，你居然不在那本书上面，叫什么来着，《医学通讯录》？"

"你怎么知道我不在上面呢？"医生嘟囔着，笑着，但警惕起来。

"我在悉尼认识一个家伙，他查过。他有个医生朋友，他们曾经谈到过你，说你真了不起，等等，等等，结果他们很好奇，就去查了一下。"

"也许你朋友查的版本不对。"

尼克尔斯船长狡猾地呵呵笑了。

"也许，我倒是没想到这个。"

"反正我从来没见过牢房里面长什么样子，船长。"

船长惊了一下，马上掩饰过去，但是变了脸色。桑德斯医生只是胡乱猜的，目光闪烁着。船长笑了起来。

"说得好，医生，我也没见过。但是别忘了很多人坐牢并不是因为他们自己的过错，还有很多人本来可能会坐牢，要不是他们想到最好还是去别的地方换换空气的话。"

他们互相看了看，咯咯笑了。

"有什么可笑的？"弗雷德·布莱克说。

十

快要天黑时他们看见了尼克尔斯船长打算过夜的小岛,那是一个从上到下遍布绿树的圆锥形,看上去像皮耶罗·德拉·弗朗切斯卡画中的小山。他们绕过去,找到了在《航行指南》上读到的那个抛锚点。那是一个非常隐蔽的小海湾,海水很清澈,如果你从船边上看,可以看到海底奇妙的风化珊瑚,看见鱼在遨游,就好像土著人在森林中穿越他们熟悉的小道。他们发现已经先有一条帆船在那里抛锚了,吃惊不小。

"怎么回事?"弗雷德·布莱克问。

他眼神焦虑。在寂静清凉的夜色中驶入这个绿色山丘守护的寂静海湾,却看见一艘帆船,的确令人感觉奇怪。船帆已经收拢,这个地方本来与世隔绝,现在停着一艘船,竟有种险恶的感觉。尼克尔斯从望远镜中打量着它。

"是艘采珠船,达尔文港号。我不知道它在那里干啥,阿鲁岛那一带有很多这种船。"

他们看见了船员,其中有个白人也在看着他们,很快就放下了一只小艇。

"他们过来了。"船长说。

等他们抛好锚,小艇已经划了过来,尼克尔斯船长同帆船船长互致问候。他上了船,是个澳大利亚人,告诉他们说他的日本潜水员生病了,他正要去某个荷兰人的岛上找个医生。

"我们船上就有个医生,"尼克尔斯船长说,"我们捎带他一程。"

澳大利亚人问桑德斯船长是否能来看看他的病人。他们请他喝了一杯茶,因为他拒绝喝酒,然后医生坐上了他的小艇。

"你们有澳大利亚报纸吗?"弗雷德问。

"我有张《新闻简报》,一个月前的。"

"没关系,对我们来说都是新的。"

"欢迎拿去看,我让医生带回来。"

桑德斯医生很快就发现他的病是严重腹泻。他病得很厉害,医生给他打了一针,告诉船长说只能不去打扰他,没有其他办法了。

"这些该死的日本人,他们体质太差。那我就有段时间没法再让他干活了?"

"如果他还能活着干活的话。"医生说。

他们握握手,他又坐上了小艇,黑人帮着推开。

"等等,我忘了给你那张报纸。"

澳大利亚人赶紧跑进船舱,很快就拿着一份《悉尼新闻简报》出来,把它扔到小艇上。

医生回到芬顿号上时,尼克尔斯船长和弗雷德正在打牌。太阳在落山,平静的大海清澄透彻,蓝、绿、粉红和乳紫色五彩纷呈,微妙柔和的色彩好似寂静本身。

"治好了吗?"船长漠不关心地问。

"他病得很厉害。"

"那是报纸吗?"弗雷德问。

他从医生手里接过报纸,朝船头走去。

"打牌吗?"尼克尔斯说。

"不,我不打。"

"我跟弗雷德每晚都打,见鬼了,他运气好极了。真不想让你知道他赢了我多少钱去。不能一直这样下去,会转运的。"他喊道:"快来吧,弗雷德。"

"半秒钟。"

船长耸耸肩。

"一点没教养。迫不及待地要看报纸,是吧?"

"还是张一个月前的报纸,"医生回答说,"你们离开星期四岛有多久了?"

"我们从来没靠近过星期四岛。"

"哦!"

"来点酒怎么样?你觉得对我会有害吗?"

"我觉得不会。"

船长喊汤姆·奥布,黑人端来两只杯子一些水,尼克尔斯去拿了威士忌。太阳落山了,夜色缓缓降临在寂静的水面,只有鱼的跳跃不时打破寂静。汤姆·奥布拿来一盏防风灯放在甲板上,下到舱房里点着了那盏吸烟油灯。

"好奇我们的年轻朋友这会儿在读些什么。"

"在黑暗中?"

"也许在想着读到的东西。"

弗雷德终于回到他们身边,坐下来打完刚才那盘克里比奇牌,桑德斯医生觉得在摇曳不定的灯光中他看上似乎非常苍白。他没有把报纸带过来,医生到前面去取,却没有见到报纸。他喊阿凯去找报纸,自己站在黑暗中观察着两个打牌的人。

"十五点两分、十五点四分、十五点六分、十五点八分,再加六分等于十四分,还有个头牌杰克,共计十七分。"

"上帝,你运气太好了。"

船长是输不起的人。他阴沉着的脸板得僵硬,狡猾的双眼打量着翻出来的每一张牌,露出轻蔑的目光,但是他的对手却面带笑容。防风灯的亮光在黑暗中勾勒出他脸上的轮廓,惊人地好看,长长的睫毛在面颊上投下一点阴影。此刻他不仅是一位英俊的年轻人;他还有着一种悲剧性的美,很打动人。阿凯过来说他找不到那张报纸。

"你把那张《新闻简报》放哪里了,弗雷德?"医生问道,"我的仆人找不到它。"

"不在吗?"

"没有,我们二人都找过了。"

"我怎么知道在什么地方?杰克两分。"

"你看完就扔到海里去了?"船长问。

"我?我为什么要扔到海里去呢?"

"嗯,如果没有的话,那肯定会在什么地方。"医生说。

"这一盘你又会赢,"船长吼着,"从来没见过谁有这么好的手气。"

十一

是早上一两点。桑德斯医生坐在甲板的躺椅上,船长在舱房内,弗雷德把他的床垫搬到船头去了。四周很安静,异常明亮的星光在夜色中清晰地勾勒出小岛的形状。与其说距离有关空间,不如说有关时间。尽管他们只航行了四十五英里,但是在医生看来塔卡纳已经非常遥远,伦敦则是在世界的另一端了。他仿佛看见了皮卡迪里广场,还有广场上璀璨的灯火,成群的巴士、小车和出租车,剧院散场时蜂拥而出的人群。那时有个区域叫作"前街",是北侧那条连接沙夫茨伯里大道和查令十字街的街道,那里十一点到十二点之间还挤满了来来往往的人。那还是战前,四周弥漫着冒险的气氛,目光相遇,然后……医生笑了。他对过去并不感到遗憾;他无所遗憾。然后他的思绪徘徊在福州的桥上,那条闽江上的桥,你从那里可以看见桥下有渔夫在小船上用鸬鹚捕鱼;黄包车跑过桥,苦力挑着重担,无数中国人来来往往。朝下游看,右岸就是那座中国城市,拥挤的房屋和寺庙。那艘帆船没有灯光,医生只能在黑暗中看见它,因为知道它就在那里。万籁俱寂,但是在堆着珍珠贝壳的船舱里,在一侧摆放的木板铺位上躺着那位濒临死亡的潜水人。医生不怎么看重生命的价值,在生命如此廉价、闹哄哄拥挤不堪的那些中国人中生活了那么久,谁还会留恋它呢?这位潜水采珠的日本人很可能还是个佛教徒。轮回？看看海吧：前浪拍后浪，并不是同一个浪头，但是一浪引起另一浪，改变其形状和运动，因此世间过客今天和明天都不一样，此生和彼生也不同；然而正是前生的冲动和形式决定了后来者的特征。这是合理的信念，却不可思议。然而，如此的辛劳，各种各样的事故，如此众多不可思议的艰难险阻汇聚在一起，才能终于从原初的黏液中创造出这么一个人，结果却因为弗累克斯讷氏菌痢就这么毫无意义地被抹去了，难道还有什么比这更不可思议吗？桑德斯医生认为这很奇怪，但符合自然，当然毫无意义，但是他早就对事物的徒劳无益处之坦然。当然，人的精神问题是个难题，当作为精神承载的物质不再存在，精神是否就会消散呢？在那个和煦的夜晚，他的思绪无目的地飘移，像飞鸟、像海鸥，在海洋上空盘旋，乘风上下翱翔，他只能放任心绪。

甲板天窗上有纷沓的脚步声，船长出现了。他睡衣上的条纹很宽，在夜色中也足够醒目。

"船长？"

"是我，我想上来透透气。"他坐进医生身边的躺椅里，"抽过鸦片了？"

"是。"

"我自己从来没抽过，但是我认识很多抽鸦片的人，似乎对他们从来没什么坏处。平缓肠胃，他们说。但是我认识的一个家伙彻底完了，他曾经是长江上一艘太古洋行船的船长，很好的地位和一切。他们都很稀罕他，曾经送他回家治疗，但是他一回来立刻又抽上了，最后只好帮个番摊拉生意，经常在上海的码头转悠，挣一两个美元。"

他们沉默了一会儿。尼克尔斯船长抽着一只欧石楠根烟斗。

"看见弗雷德了吗？"

"他在甲板上睡觉。"

"那张报纸的事情好奇怪，有什么事情他不想让你和我读到。"

"你说他会把它弄哪儿去呢？"

"扔到船外去了。"

"到底怎么一回事？"

船长轻声笑了起来。

"信不信我，随你的便，我并不比你知道得更多。"

"我在东方住的时间够长，知道应该少管闲事。"

但是船长有心想透露点秘密。他的消化问题没来麻烦他，睡了三四个小时之后，他觉得已经非常清醒了。

"事情有点蹊跷，我知道的，但是我像你一样，医生。你不去问问题，就不会有人对你撒谎，我一直这么说，如果你有弄钱的机会，那就赶紧下手，"船长抽了一口烟斗，"你不会告诉别人的，对吧？"

"当然不会。"

"嗯，是这样的。我在悉尼，两年都不大有正经工作，就是运气不好。我是一流的水手，经验充足，不管是汽轮船还是帆船，样样都行，你会觉得他们巴不得要我。但是不。我还是有家室的人，事情变得太糟了，我的老婆只好自己出去帮工，这个我半点都不喜欢，但也只好忍着。我好歹还有个栖身之处和一日三餐，她能给我这些，但是如果想让她给我半块钱去看个电影喝上一两杯，不，老爷。那个啰嗦婆娘。你从来没结过婚,对吧?"

"没有。"

"嗯,不怪你。她们很小气,你知道吧,女人舍不得花钱。我结婚二十年了,就是一个劲地啰啰嗦嗦、啰啰嗦嗦。非常好的女人,我老婆,但是问题就在这里,她觉得嫁我是吃了亏。她老爸是利物浦的一个大布商,她从来不会让我忘记这一点。她怪我找不到工作,说我喜欢待在沙滩上,偷懒,说我到处晃悠,说要她来养活我简直烦透了,说如果我不赶紧找到一个船上的工作,就可以滚出去自己找活路。跟你说实话,有时候我实在按捺不住真想给她脸上来一拳,尽管她是个淑女,这一点我比谁都更清楚。你了解悉尼吗?"

"不,从来没去过。"

"嗯,有天晚上我正站在港口一家常去的酒吧旁边,我整整一天都没喝过酒,口渴死了;我腹泻很厉害,心情很糟糕,口袋里一分钱都没有,虽然我掌管过的船只你两只手都数不过来。我不能回家去,我知道老婆会数落我,会给我一点冷羊肉当晚餐,尽管她知道那会送我的命。她会没完没了,总是那个淑女,你明白我的意思吗,但就是嘴刻薄,损人,高高在上的那种腔调,从来不提高声音,但一分钟都不得安宁。如果我发脾气,让她滚蛋,她只会挺直身体说:请别说脏话,船长大人。尽管我嫁了个普通水手,但还是应该被当作淑女对待。"

尼克尔斯船长放低了声音,倾身向前,带着保密的神态。

"这有失尊严,你懂我的意思吧,就你我之间说说:你搞不懂女人怎么回事。她们的表现不大像人类。你相信不,我从她身边逃跑四次了,你还以为一个女人会明白你的意思,是吧?"

"是的。"

"但是不,每次她都跟着我。当然,如果她知道我去哪的话,这不难办到,但也有地方,她并不比月球上的人了解得更多。我愿意拿出我在世上最后一分钱来换她找不到我在哪,最好就像在草堆里找根针那样。然后某一天她会找上门来,很冷静,好像头天还见过面的样子,不会说什么你好,很高兴看见你什么的,只是说'要我来说,你该刮刮胡子了,船长',或者'你穿这条裤子真丢人,船长……'……不管是谁,但就是这些事情会让任何人神经错乱。"

船长沉默了,他的眼睛打量着空旷的大海。在这清澈的夜晚,你能够相当清楚地看见地平线清晰的轮廓。

"这次我的计划终于得逞,摆脱了她。她不知道我在哪里,也找不出来,但是跟你说老实话,如果这会儿看见她划着一只小艇,干干净净整整齐齐出现在那个海面上,我也不会感到惊奇的。她看上去永远是个淑女,这点必须承认,她会上船来说:'你抽的那是什么肮脏的烂烟,船长?你知道我就是不能忍受海军切片牌烟丝。'我马上就紧张起来了。这就是我消化不良的根本原因,跟你说老实话。我记得有次去新加坡看一位医生,是人家向我竭力推荐的,他在一本书里写过很多东西,你知道医生那一套。他放下一个十字架,嗯,我半点也不喜欢那个样子,所以就对他说:'我说,医生,这十字架是什么意思?''哦,'他说,'如果我有理由怀疑家庭纠纷时,总是拿出十字架来。''哦,是这样,'我说,'你一针见血,医生;我一直扛着个十字架呢。'他是个聪明人,但对我的消化不良帮不了多大忙。"

"苏格拉底也遭受过同样的折磨,船长,但从来没听说那对他的消化造成过什么问题。"

"他是谁?"

"一位诚实的人。"

"我打赌那对他有很大好处。"

"实际上,没什么好处。"

"要我来说,你还是要接受事实,如果你太挑剔,那就会一事无成。"

桑德斯医生笑了,打心眼里赞同。想到这个卑鄙放肆的混蛋居然会那么怕老婆,这真触动了他的幽默感。这真是精神战胜物质,他好奇她长什么样子。

"我要告诉你弗雷德·布莱克的事情,"船长停下来重新点着烟斗,又接着说下去,"嗯,刚才说到我在那个酒吧,我跟一两个家伙打招呼,也就是表示个友好,他们也跟我打个招呼,就转过脸去。你可以想到他们会对自己说:这家伙又来了,忽悠几杯酒喝;反正别打我的主意。你可以想象我很沮丧。丢人,真丢人,我曾经还算是个有点地位的人。当别人知道你一文不名的时候,他们是有多么吝啬啊,真可怕。老板给我个难看的脸色,我有点以为他会问我要喝什么呢,但是我说我再等等,他说,嗯,我最好还是外面等去。我开始同一两个不认识的家伙聊天,可是他们的态度一点不和气。我开了一两个玩笑,但没有让他们笑起来,他们让我清楚地知道我在打扰别人。然后我看见进来一个认识的家伙,一个粗壮的大个子,他们在澳大利亚把这种人叫作无赖,他名叫赖恩。你不能得罪他,他同政界有点关系,一直很有钱,他曾经借给我五英镑。嗯,我觉得他不会愿意看到我,所以就装着没认出他来,继续聊着天。但是我眼睛偷偷瞄着他,他四下打量一眼,然后径直朝我走过来。"

"'晚上好,船长,'他说,似乎非常友好,'这些日子过得怎么样?'

"'糟透了,'我说。

"'还在找工作?'

"'是的。'我说。

"'你要找什么样的工作?'他说。

"我要了一杯啤酒,他也要了一杯啤酒。算是救了我的命。但是你知道,我不是那种会相信奇迹的人。我非常想喝那杯啤酒,但我也像知道自己眼下在跟你聊天一样,知道得很清楚赖恩不会白白请我喝酒。他也是跟别人一样的肮脏东西,你知道吧,在你背上拍拍,你说个笑话他笑得打跌,还会说'喂,这些日子你在哪里混?'还有,'我老婆是个了不起的小女人,你该来看看我的孩子',等等;然后他跟你说话时眼睛一直盯着你,傻瓜会上当的。'老伙计赖恩,'他们说,'算是最好的人。'我可没那么幼稚,你要骗我没那么容易。我边喝啤酒,心里边想着:'嗯,现在,老家伙,你要睁大点眼睛,他有打算的。'当然,我不露声色。我胡扯了一两个笑话,他笑得直栽跟头。

"'你很小心,船长,'他说,'了不起的老家伙,这就是你。喝完这杯,我们再来一杯。我可以听你说一晚上。'

"嗯,我喝完了啤酒,看见他要再去叫一杯。

"'喂,跟你说,比尔。'他说。嗯,我名字叫汤姆,但是我没说啥。我看见他拼命想要表示友好。'喂,你看,比尔,'他说,'这里人太多了,简直连自己说话都听不见,你也不知道谁会把你说的话听了去。告诉你我们该怎么办。'他叫来了老板。'喂,乔治,过来一下。'然后他就跑过来了。'喂,乔治,我和我的老朋友想安静地聊个天叙叙旧,你的那个房间怎么样?'

"'我的办公室?好的。你要去就去吧,欢迎。'

"'正好。你给我们拿两杯啤酒来吧。'

"于是我们就绕过去,到了他的办公室,乔治本人给我们端来两杯啤酒,亲自端的;还对我点点头。乔治出去了,赖恩关上门,还看看窗户是否关紧了,说他无论如何不能忍受有风吹进来。我不知他到底打的什么主意,心想还是跟他直截了当吧。

"'喂,赖恩,'我说,'抱歉上次你借给我五英镑没还,打那以后我心里一直惦记着,但实际上现在我只能勉强吃饱肚子。'

"'没事,'他说,'五英镑算个啥?我知道你没问题,你是个好人,比尔。你要钱有什么用,如果不能在一个好朋友不走运时借点给他?'。

"'嗯,我也会这样对你的,赖恩。'我顺势说。听我俩说话,你还会以为我们是两兄弟呢。"

想起他俩互相耍花招的场面,尼克尔斯咯咯笑了,他对自己的无赖行径有一种艺术家般的赞赏。

"'碰杯,碰杯。'我说。

"我俩都喝了一口啤酒。'听着,比尔,'他说,用手背擦擦嘴,

'我打听过你,你是个好水手什么的,对吧?''没有更好的了。'我说。'如果你有一阵子没工作,我猜那是运气不好,不是不善经营。''对了。'我说。'现在我要给你个惊喜,比尔,'他说,'我本人要给你个工作。''我要了,'我说,'无论是什么工作。''要的就是这个爽快劲儿,'他说,'我知道可以指望你。'

"'嗯,到底是什么工作?'我问他。

"他看我一眼,虽然他对我笑着,好像我是他失散多年的兄弟,他对我爱得不行,却在紧紧地盯着我看。不是开玩笑的事情,我看得出来。

"'你嘴严吗?'他问我。

"'就像蚌壳那样。'我说。

"'那就好,'他说,'驾驶一条捕捞珍珠的上好小帆船,就是那种星期四岛和达尔文港都有的双桅纵帆船,在各个岛上转悠几个月怎么样?'

"'听上去不错。'我说。

"'嗯,就是这个工作。'

"'做生意?'我说。

"'不,就是纯娱乐。'"

尼克尔斯船长偷笑了。

"他这么一说,我差点笑出声来,但还是小心为好,很多人没有幽默感的,所以我只能看上去像个法官那样严肃。他又看我一眼,我看得出来如果你惹火了他,他不会是个好说话的人。

"'我告诉你是怎么回事,'他说,'我认识的一个小伙子工作太

勤奋了,他的父亲是我的一个老朋友,我做这件事是为了让他高兴,你知道吧?他是个非常有地位的人,这里那里都很有些影响力。'

"他又喝了口啤酒。我一直看着他,但一声不吭,一个字都没说。

"'老家伙心情很不好。是独子,你知道吧。嗯,我知道对自己的孩子是什么感觉。如果有个孩子大拇指疼,我也会一整天都不高兴的。'

"'你不用告诉我,'我说,'我自己就有个女儿。'

"'就一个孩子吗?'他说。

"我点点头。

"'小孩了不起,'他说,'没有什么能像他们那样给人生带来快乐。'

"'你说得太对了。'我说。

"'这孩子一直娇生惯养,'他说,摇摇头,'肺不大好,医生说最好就是乘一艘船在海上兜兜风。嗯,他的父亲一点也不喜欢让他乘条旧船,听说了有这么一条双桅纵帆船,就买下来了。你看,就是这样,你不受拘束,到处都可以去。悠闲的生活,这就是他想让那孩子过的日子;我的意思是,你不用急着赶路,挑选自己中意的天气,到了某个岛,看上去你可以待上一阵,你就待一阵。澳大利亚和中国之间有几十个这样的岛,据说。'

"'上千个。'我说。

"'这孩子需要安静,这是最主要的,他的老爹想要你避开那些很多人的岛。'

"'这没问题,'我说,看上去就像个新生儿那样天真无辜,'多长时间呢?'

"'我不大知道,'他说,'看这孩子的健康而定,也许两三个月,也许一年。'

"'知道了,'我说,'我能得到什么好处呢?'

"'你的乘客上船时给你二百英镑,回来再给二百英镑。'

"'先给我五百英镑,我就干。'我说。他没有吭气,但恶狠狠地看了我一眼。他只是对我扬扬下巴,我的天,真好看。如果说我还有点本领的话,那就是策略了。如果他想的话,可以让我日子很难过,这个我是知道的,如果我不小心点,他是会这么干的。所以我只是耸耸肩,似乎不在意,笑了起来。'嗯,我不在乎钱,'我说,'钱对我没啥意义,一贯如此。如果有意义的话,我早就是澳大利亚最有钱的人了。就照你说的办吧,为老朋友怎么都行。'

"'比尔真是个老好人。'他说。

"'那帆船在什么地方?'我说,'我想去看看。'

"'哦,船没问题。我的一个朋友刚从星期四岛把它开过来卖的,情况好极了。船不在悉尼,在几英里之外的海岸边。'

"'船员怎么办呢?'

"'都是托雷斯海峡那边的黑鬼。是他们把船开过来的,你只需要上船起航就行。'

"'你要我什么时候起航?'

"'现在。'

"'现在?'我说,吃了一惊,'不会是今晚吧?'

"'是的,就是今晚。我有辆车等在街上,我带你去船停泊的地方。'

"'为啥这么着急呢?'我说,笑着,但是看了他一眼,好像告诉他我觉得这件事情令人起疑。

"'这孩子的老爹是个大生意人,一直这样办事的。'

"'政客?'

"我已经大致猜到怎么回事了。

"'是我的伯父。'赖恩说。

"'但我是有家室的人,'我说,'如果我就这样跟谁都不打个招呼就走,我老婆会到处打听我去了哪的。她会想知道我在哪里,如果她找不到人知道我在哪里的话,就会去报警。'

"我这么一说,他使劲看着我。我知道他一点也不高兴让她跑去找警察。

"'一个出色的水手就这么消失了,看上去会很奇怪的。我的意思是,我不会像黑人或者卡纳卡土著那样。当然,我不知道是否有人有理由到处打听。有些人就爱管闲事,尤其是马上又要大选了。'

"我不得不认为我这话说中了,关于选举的话,但他不露声色。他那张丑陋的大脸就像一堵空墙。

"'我自己去见她。'他说。

"我也有自己的牌要打,不会丢失这样的机会。

"'告诉她一艘轮船起航时大副摔断了脖子,他们雇了我,我没时间回家,等我到了开普敦会给她写信的。'

"'这个主意好。'他说。

"'如果她大发脾气的话,就让她搭船去开普敦,再给她一张五英镑的钞票。这不算要求太高。'

"他笑了,是真笑,说他会照办。

"他喝完了啤酒,我也喝完了。

"'好吧,如果你准备好了,我们就走,'他看了看表,'你在市场街角上等我半小时,我开车过来,你跳上车就行。你先出去,不用从酒吧出去,走廊头上有扇门,你从那里出去,就到街上了。'

"'好。'我说,拿起了帽子。

"'还有一件事我要跟你说好,'我离开时他说,'现在和将来都一样,如果你不想被人家背上插把刀或者肚子上来一枪的话,就最好不要耍什么花招,明白吗?'

"他说话时很开心的样子,但我不是傻瓜,我明白他的意思。

"'别担心,'我说,'如果别人像绅士那样对待我,我也会像绅士那样办事。'然后又漫不经心地说:'你的小伙子在船上了,我猜?'

"'不,还没有。他晚点上船。'

"我走出去到了街上。我走到他说的那个地方,不过二百英尺的距离。我想,如果他要让我等半小时,那肯定是因为他要去见什么人,报告结果。我难免好奇,心想如果我告诉警察说有蹊跷的事情,值得他们去跟着那辆车,看看那艘船,不知警察会怎么说。但我想**我**犯不着。履行公共职责当然蛮好,我也像大家一样愿意同警察搞好关系,但是如果因此惹祸,肚子上插把刀,也没啥好处。从他们那里又弄不到四百英镑。也许还是不要同赖恩耍什么花招的好,因为我看见街那边有个家伙站在阴处,好像不想让别人看见他,我觉得他在看着我。我走上前去瞧瞧他,他看见我过来就走开了,等我走回来,他又站到先前那个地方。蹊跷,太蹊跷了。让我糟心的是赖恩没有对我表示出什么信任。如果你想要信任一个人,那就要信任他,我就是这么说的。我想要你明白我不在乎这件事情蹊跷,我这辈子见过很多蹊跷的事情,我不在乎的。"

桑德斯医生笑了起来,他开始理解尼克尔斯船长了。他这人觉得老老实实的日常生活有点乏味,他需要一点邪恶来做刺激的调味剂,用以对付消化不良给他造成的沮丧。他染指罪行时,血液会加快流动,感觉更加健康,更有活力。他为了保护自己不受伤害必须时刻保持警惕,这样就不再会去想那可悲的消化问题。如果说桑德斯医生有点缺少同情心的话,他却代之以不同寻常的宽容。他觉得称赞或者谴责都同他无关,他能够识别谁是圣人谁是坏蛋,但是他对两者的看法都带着同样冷静的漠不关心。

"想到我站在那里的样子,我就忍不住发笑,'船长继续说,'连衣服都不换一件,也不带把剃须刀和牙刷什么的就启程航行。没有多少人愿意这样做的,免不了会骂骂咧咧。"

"是啊。"医生说。

"然后我又想到等赖恩告诉我老婆我已经出海了的消息时她那张脸,我可以想象得出她屁颠颠地乘下一班船去开普敦的情景。她再也找不到我了,这次我摆脱了她。谁会想到就在我以为一天都不再忍受得下去的时候,事情会是这样的呢?如果不是上帝的安排,那就不知道是什么了。"

"据说上帝之道是高深莫测的。"

"我还会不知道？我从小就是浸礼会教徒。'一个麻雀也不能掉在地上——'你知道是怎么回事,我眼见它反反复复地验证过。我在那里等了一会儿,足足半个小时吧,来了一辆车,就在我身边停了下来。'上车吧。'赖恩说,我们就这样开走了。悉尼的道路糟糕透顶,我们就像水中的瓶塞那样上下翻滚,他开得相当快。

"'储备什么的怎么办？'我问赖恩。

"'都在船上了,'他说,'够你三个月的。'

"我不知道他去哪里。黑漆漆的夜晚,我什么都看不见;大概已经快要半夜了。

"'到了,'他说,停了车,'下车。'

"我下车,他也下了车。他关掉车灯,我知道我们离海很近,但是我连眼前一码的距离都看不见,他手上拿着个电筒。

"'你跟着我,'他说,'小心看路。'

"我们走了一阵,勉强有条路。我走路算是灵活的了,但也有两三次几乎摔个嘴啃地。'如果我他妈的在路上摔断腿就好玩了。'我心想。终于走到头时,我不是一点点高兴,我感到脚下是沙滩了。你可以看见海水,但是看不见其他。赖恩吹了声口哨,海上有人叫喊了一声,但声音很低,你明白我的意思吧,赖恩打开手电筒来照亮我们所在的地方。然后我听见划桨的声音,一两分钟后,两个黑人划着小艇过来了。赖恩和我二人上了船,他们又划开了。如果我身上有二十英镑的话,我很愿意不再见到澳大利亚。澳大利亚人,老天。我们划了大概十分钟吧,然后就到了那艘双桅帆船边上。

"'你觉得它怎么样?'我们上了船,赖恩问。

"'看不见什么,'我说,'天亮再仔细告诉你。'

"'天亮时你早就远在海上了。'赖恩说。

"'那个病孩子什么时候上船?'我问。

"'马上就来了,'赖恩说,'你去船舱里点上灯,看看四周。我们喝杯啤酒。给你一盒火柴。'

"'好的。'我说,然后走下去。

"我看不见什么,但是我凭直觉找得到路。我下去时没有太匆忙,以免顾不上身后。我觉得他在捣什么鬼,看见他用电筒晃了三四下。'呵呵,'我心想,'有人在窥视。'但究竟那人是在岸上还是海上,我不能肯定。然后赖恩也走了下来,我四周打量了一下。他摸出一瓶啤酒给自己,一瓶啤酒给我。

"'月亮马上就要上来了,'他说,'还有点凉风。'

"'我们马上就开船?'我说。

"'越快越好,等那孩子上船,就一直开出去,明白吗?'

"'喂,赖恩,'我说,'我身边连把剃须刀都没有。'

"'那就留胡子吧,比尔,'他回答,'命令是哪里都别停,一直开到新几内亚。如果你想在马老奇上岸,那没问题。'

"'荷属,对吧?'他点点头。'喂,赖恩,'我说,'你知道我不是昨天才生出来,我会忍不住要想的,对吧?有什么用?你干啥不直截了当告诉我究竟是怎么回事?'

"'比尔老伙伴,'他听上去非常友好,'喝你的啤酒,别提问题。

我知道没法帮你想事情,告诉你啥你就相信啥吧,否则我对上帝发誓会亲自动手把你该死的眼睛挖出来.'

"'嗯,够直截了当的了.'我说,笑了起来。

"'祝你好运.'他说。

"他喝了一大口啤酒,我也喝了一大口。

"'有很多吗?'我问。

"'足够你喝。我知道你不是个酒鬼,如果我不知道这个的话,不会把这工作给你.'

"'是,'我说,'我喜欢喝点啤酒,但知道什么时候算喝够了。钱呢?'

"'在这里,'他说,'我走以前会给你.'

"嗯,我们坐着东拉西扯地聊着。我问他那些船员都是些什么人,等等,他问我是否干过晚上出海的工作,我说没有,我闭着眼也能开船,然后突然我听见了动静。我耳朵很灵,没有什么逃得过我的耳朵。

"'有船来了.'我说。

"'也是时候了,'他说,'我今晚要回到我太太和孩子那里去.'

"'我们最好还是到甲板上去吧?'我说。

"'完全没必要.'他说。

"'好吧.'我说。

"'我们只是坐在那里听着,听上去是只小划艇。划过来,撞了帆船一下,然后有人上了船,他走下甲板,打扮得整整齐齐的,毛哔叽套装,领扣和领带,褐色皮鞋。跟现在不一样.'

"'这是弗雷德。'赖恩说,看我一眼。

"'弗雷德·布莱克。'小伙子说。

"'这是尼克尔斯船长,一流的水手。他靠得住。'

"这孩子看我一眼,我也看他一眼。他看上去不怎么柔弱,要我来说,简直就是健康的化身。他有点惊慌的样子,你问我的话,我会说他是吓坏了。

"'真倒霉你身体会这么糟糕,'我说,非常和气,'海上的空气会让你复原的,相信我吧,没有什么能像航海那样让一个小伙子身体强壮起来的。'

"'我这话一说,还从来没见过谁像他那样满脸通红的。赖恩看看他,又看看我,笑了起来。然后他说他要下船回去了。他的钱放在腰包里,他拿出来付钱给我,二百英镑金币。我有好多年没见过金子了,只有银行才有。我猜想无论是谁想要把这孩子藏起来,他地位一定很高。'

"'顺便把腰包也给我吧,赖恩,'我说,'我不能把这一大把钱随便乱扔。'

"'好吧,'他说,'腰包拿去。嗯,祝你们好运。'我还没来得及说什么,他已经走出了船舱,跳下船,小艇就划开了。他们不想冒险让我看见谁在里面。"

"然后呢?"

"嗯,我把钱放回腰包里,把它缠在我身上。"

"重得不得了,对吧?"

"我们到了马老奇,就买了两个箱子,我把自己的钱藏好了,没人知道藏在哪里。但是如果事情一直照现在这样子下去,我身上带着剩下的钱都不会有什么感觉的。"

"你这话是什么意思?"

"嗯,我们一直顺着海岸航行,当然是在沙洲里面,天气一直很好,微风阵阵,我对小伙子说:'来打一盘克里比奇牌怎么样?'总要有个办法消磨时间,对吧,而且我知道他很有钱,为啥我不能分着用一点呢?克里比奇牌我打了一辈子,对它情有独钟。我觉得打牌有魔鬼操纵。你知道吧,自从离开悉尼之后,我就没有赢过一天。我输了整整七十镑,输了这么多。不是因为他会打牌,而是因为他像魔鬼那样运气好。"

"也许他的牌技比你想象的要好。"

"才不相信呢。克里比奇牌值得了解的我都了解。你以为我不知道这一点的话,会去跟他打牌?不,是运气,但是好运气不会长久,总要反转的,那我就会赢回所有输掉的钱,加上他所有的钱。当然这叫人恼火,但是我不着急。"

"他没谈过自己任何事情吗?"

"一点没有。但是我琢磨着,已经非常清楚地猜到事情的原委了。"

"哦!"

"肯定有政治原因,我愿拿脑袋来打赌。如果没有的话,赖恩不会牵扯在其中。新南威尔士的政府相当不稳定,悬着呢。如果有丑闻的话,他们明天就出局了。总之马上要选举了,他们认为还会被选上,但是我觉得胜负难料,他们也知道不能冒险。如果说弗雷德是某个要人的儿子,我不会吃惊的。"

"你的意思是首相,或者类似这样的人?是否有哪个部长姓布莱克的呢?"

"他不姓布莱克,就像我不姓布莱克一样。肯定是某个部长,弗雷德是他儿子或者侄儿;无论是什么事情,如果传出去,他就会丢掉位子,我相信他们都觉得最好还是让他躲避几个月。"

"你觉得他做了什么事情呢?"

"杀了人,如果你要我来说的话。"

"他还是个孩子。"

"足够被绞死的年纪了。"

十二

"喂,那是什么?"船长说,"有艘船开过来了。"

他的听力的确灵敏,因为桑德斯医生什么都没听见。船长凝视着黑暗,他把手放在医生手臂上,悄无声息地起身,轻轻进了船舱。不一会儿他又回来了,医生看见他拿着一把手枪。

"小心为好。"他说。

现在医生分辨出了船桨在生锈的桨架上转动的声音。

"是那艘帆船的小划艇。"他说。

"我知道,但我不知道他们想要什么。这个时间来社交拜访有点太晚了。"

二人沉默地等待着,听着越来越近的声音。很快,他们不但听到了水花溅起的声音,还看见了小划艇模糊的轮廓,黑漆漆的大海上黑漆漆的一团。

"喂,"尼克尔斯突然喊道,"那条船。"

"是你吗,船长?"声音从海面上传过来。

"是,是我。有事吗?"

他站在船舷边上,手里握着枪,垂着手臂。澳大利亚人继续划着船。

"等我上船再说。"他说。

"很晚了,对吧?"尼克尔斯说。

澳大利亚人告诉划船的人停下来。

"叫醒医生行吗?我一点都不喜欢我那个日本人的样子,我觉得他快要死了。"

"医生在这里,到船边来吧。"

小艇划过来,船长俯身看见这位澳大利亚人只带着一个黑人。

"你想要我去看看吗?"医生问。

"抱歉打扰你,医生,我觉得他很糟糕。"

他匆匆跑下甲板,拿起装着急救物品的背包,下船进了小艇。黑人立即划开了。

"你知道的,"澳大利亚人说,"很难随便找到潜水的人,找不到日本人,而他们才是唯一值得雇用的。目前在阿鲁斯没有任何潜水员是没工作的,如果我失去这个家伙的话,整个计划就会搞砸了。也就是说我必须一直跑到横滨去,而且很可能我会在那里晃悠一个月左右才能找到想要的人。"

潜水员躺在船员舱房的一个下铺上,空气恶臭,闷热异常。两个黑人在睡觉,其中一人仰面躺着,鼾声很大。还有个黑人蹲坐在病人身边,面无表情地看着他。梁上吊挂着的一盏防风灯发出昏暗的光线。潜水员处于昏迷状态,他还有意识,但是当医生走上前去时,他乌黑双眼的神情没有任何变化。你几乎可以认为他已经在凝视着永恒,不会再因为转瞬即逝的事情而分心。桑德斯医生摸摸他的脉,把手放在他湿哒哒的前额,给他打了一针。他站在床铺旁,沉思地看着床上的人形。

"我们上去透口气吧,"他说,"如果有什么变化,让那个人来告诉我们。"

"他要死了吗?"他们到了甲板上以后,澳大利亚人问道。

"看上去是的。"

"天哪,我真倒霉。"

医生嘿嘿笑了。澳大利亚人请他坐下来。夜一片死寂,安静的水面映照出遥远的星星,两人沉默不语。有人说如果你足够相信某件事情的话,那件事情就会成真。那个日本人,躺在那里,正在死去,没有痛苦,对于他来说这不是结束,而是翻开新的一页;就像知道太阳几小时之后就会升起一样,他知道自己只不过是从此生滑入彼生。轮回,此生之事就如同他曾经度过的所有生涯那样,终将继续下去;或许,在他精疲力竭之时,他唯一剩下的情感是好奇,无论是焦急还是感到有趣,是想要知道他将会以什么状态重生。桑德斯医生打了个盹,一位黑人的手放在他肩头唤醒了他。

"赶快来。"

已经破晓,天还没有大亮,但是星光已经黯淡,天色朦胧。他走下去,潜水员在快速沉沦。他眼睛还睁着,但已经没有脉搏,身体像死亡那样冰冷。突然有一阵格格声,声音不大,却不以为然,无可奈何,就像日本人的言行举止,他死了。两位睡觉的人醒过来,一个坐在床铺边上,赤裸的黑腿荡着,另一个似乎想要躲避发生在近旁的事情,蹲坐在地上,背朝着死去的人,双手捧着头。

医生回到甲板上,告诉船长,他耸了耸肩。

"体质不行,这些日本佬。"他说。

黎明已经悄悄在海上蔓延，最初几缕阳光清凉温柔的色彩轻抚着静静的水面。

"嗯，我要回芬顿号上去了，"医生说，"我知道船长天亮不久就要启程的。"

"你走以前最好吃点早餐，你一定饿了。"

"嗯，我可以喝杯茶。"

"告诉你，我有一些鸡蛋，是为那个日本佬留着的，但是现在他用不着了，我们弄点培根鸡蛋吧。"

他喊厨师。

"我就想要吃一盘培根鸡蛋，"他说，搓着双手，"现在肯定还是新鲜的。"

厨师很快就给他们端来了早餐，热腾腾的，还有茶和甜饼。

"天哪，闻起来好香，"澳大利亚人说，"你知道吧，奇怪的是我从来不厌倦培根鸡蛋，我在家时天天吃。有时我妻子会给我换个口味，但都不怎么喜欢。"

但是等那黑人划船带桑德斯医生回芬顿号时，他突然想到死亡其实是件好笑的事情，比那位帆船船长早餐喜欢吃培根鸡蛋更好笑。平静的海面像抛光过的钢铁那样闪闪发亮，色泽就像十八世纪一位侯爵夫人的卧室那样柔和淡雅。人居然会死，医生觉得非常奇怪。这位潜水捞珍珠的人，无数代人的后裔，是自从地球形成以来就开始的复杂进化过程的结果，然而仅仅因为一系列令人困惑的偶然事件，此时此刻竟然就在这远离人世的偏僻之处遭遇了死亡，这事想想都叫人感到荒谬。

医生抵达船边时,船长正在刮胡须,他伸出手来拉他上船。

"嗯,有什么消息?"

"哦,他死了。"

"我猜也是。怎么埋葬他?"

"我不知道,没有问。我猜他们会直接把他扔海里。"

"像只狗那样?"

"为什么不?"

船长表现得有点激动不安,这让医生吃惊不小。

"那根本不行,在英国人的船上不行。必须体面地埋葬他,我的意思是,他必须得到适当的葬礼什么的。"

"他是个佛教徒或神道信徒什么的,你知道的。"

"我没办法。我航海三十年了,从小伙子到大男人,如果一个家伙在英国船只上死去,他必须得到英国式葬礼。死亡让所有人平等,医生,你应该知道这个,在这样的时候,不能因为一个人是日本人、黑鬼、拉丁佬或其他任何人,我们就不善待他。嘿,伙计,放下一只小划艇,仔细看着点,我要亲自去那艘帆船。我看见你一直都没回来,就在想会发生这种事情的。所以你回来时我已经在刮脸了。"

"你打算怎么办?"

"我要去跟那艘帆船的船长谈谈,我们必须按规矩办事,好好送送那个日本佬。在我掌管的每艘船上我总是强调这一点,给船员们留下难得的好印象,这样他们就会知道如果他们自己有什么事情,会怎么办了。"

小艇放下来,船长划走了。弗雷德·布莱克很快也来了,蓬乱的头发,清爽的皮肤,蓝色的双眼,风华正茂的青春,他看上去像一幅威尼斯画派油画中的酒神。医生一晚上几乎没合眼,已经很疲倦了,一时间羡慕起他那令人愤愤不平的青春。

"病人怎样了,医生?"

"死了。"

桑德斯医生锐利地看了他一眼,但是没有说话。

不一会儿,他们看见那艘小划艇从帆船那边回来了,但是尼克尔斯船长不在上面。这位名叫尤坦的人英语说得很好,他带来口信,让他们都过去。

"到底去干吗?"布莱克说。

"来吧。"医生说。

两位白人下了船,还剩下两个船员。

"船长说所有人,中国仆役也去。"

"跳下来吧,阿凯。"医生对仆人说。他坐在甲板上,漠不关心,在给一条裤子缝扣子。

阿凯放下手头的活,脸上带着友好的笑容,脚步轻快地上了小艇。他们划船去了帆船那边,爬上梯子,看见尼克尔斯船长和澳大利亚人在等着他们。

"阿特金森船长同意我的意见,我们应该为这位可怜的日本佬按规矩办事,"尼克尔斯船长说,"因为他没我有经验,因此请求我来以合适的方式操办这件事情。"

"对。"澳大利亚人说。

"本来我没有资格,我知道的。海上有人死亡时,理应由船长来致悼词,但似乎船上没有祈祷书,他不知道该怎么办,就像只金丝雀不知道该拿牛排怎么办一样,我说得对吗,船长?"

澳大利亚人严肃地点点头。

"我还以为你是浸礼会教徒呢。"医生说。

"正常情况下我是的,"尼克尔斯说,"但是遇见葬礼什么的,我总是要用到祈祷书,而且一直会用祈祷书的。现在,船长,你的人一准备好,我们就召集大家一起开始。"

澳大利亚人走到船头,一两分钟之后又回来了。

"看上去他们马上就要好了。"

"一针及时省九针。"尼克尔斯船长说,他的话让医生有点摸不着头脑。①

"我们等的时候喝一杯怎么样?"

"现在不,船长。我们事后再喝。先正事,后娱乐。"

然后有人过来了。

"都好了,老板。"他说。

"那就好,"尼克尔斯船长说,"来吧,伙计们。"

他动作灵敏,身体挺得笔直,狡猾的小眼睛因为愉快的期待而闪闪发亮。医生略感好笑地注意到他掩饰不住的快乐,显然他很享受当下的情景。他们朝船头走去,两艘船的船员都是黑人,全站在那,有些嘴里叼着烟斗,还有一两个厚嘴唇里夹着烟屁股。甲板上

---

① 此处澳大利亚人的原话是"they was just putting in the last stitches",原意为(缝衣服)还差最后几针就好了。尼克尔斯船长说"a stitch in time saves nine",原意为"(衣服脱线时)一针及时省九针"。船长此处似乎只强调了 stitch 这个词,与上文意思不搭界,所以医生感到困惑。

放着一个包,医生觉得看上去像一麻袋干椰子,很小。你几乎无法相信那里面装着的东西曾经是一个大活人。

"都到齐了吗?"尼克尔斯船长问,四下打量一眼,"请别抽烟,尊重死者。"

他们收起烟斗,吐出烟头。

"围在一起吧,你靠近我,船长。我这完全是尽义务,你知道的,对吧,我不想让你以为我不知道这是你的位置,不是我的。现在,都准备好了吗?"

尼克尔斯船长对葬礼的记忆有点模糊,他以朗诵祈祷文开始,内容基本自造,但他说得津津有味,语言花里胡哨,以洪亮的一声"阿门"结束。

"现在我们来唱一首赞美诗。"他看看黑人,"你们都进过教会学校,我希望你们使劲唱,让望加锡的人都能听到你们的歌声。来吧,齐声唱。基督精兵前进,齐向战场走。"

他放声唱起来,声音浑厚,不着调,却热情十足,他一开始,两艘船的船员就加入进来。他们起劲地唱着,深沉雄浑的声音在平静的海面上传扬。这首赞美诗他们在本土岛屿上都学过,熟知每一个歌词;但是用他们不熟悉的语言唱起来,带着奇怪的音调,就有了一种陌生的神秘感,听上去不像是一首基督教赞美诗,倒像是一群野蛮人有节奏的粗野喊叫,充满奇妙的声音,鼓点声和新奇乐器的铿锵声响,让人想到夜晚,想到水边的神秘仪式以及活人祭上滴答的鲜血。阿凯一身整洁的白色衣衫,稍微离开黑人一点站着,神态漫不经心,他可爱清澈的双眼中略带嘲讽的惊讶神色。他们唱完了第一首歌,用不着尼克尔斯船长起头,又唱起了第二首。但是等他们唱起第三首时,他果断地拍了拍手。

"好了,够了,"他喊道,"这又不是他妈的音乐会,我们不想在这待整整一个晚上。"

他们突然停了下来,他严肃地四下看看。医生的目光落在人群中央的甲板上面那一团干椰子麻布袋上。不知为何他想到那位死去的潜水员曾几何时也是个小男孩,黄色的面庞,漆黑的眼睛,在一个日本城镇的街道上玩耍,他那身着漂亮和服的母亲梳着精致的发式,头上插着发簪,脚上登着木屐,在樱花盛开的季节带他去看樱花,节日去寺庙,有人给他一块糕点;或许他还曾经一身白色衣衫,手上拿着一支香,同全家人去朝拜,观看太阳从神圣的富士山峰升上来。

"现在我要再说另一段祈祷文,等我说到'我们在此将他的身体送入大海深处'时,请注意听,我不希望出任何差错,到时你们就抓起他扔下去,好吗?最好专门指派两个人,船长。"

"你,鲍勃,还有乔。"

两个人走上前,准备去抓尸体。

"还没有,他妈的蠢货,"尼克尔斯船长喊道,"让我把那句话先说出来,该死的。"然后,也没停下来喘口气,他就大声说起了祈祷文。他一直说到显然再也想不出该说什么,然后,略微提高声音:"全能的上帝慈悲怜悯,将我们逝去的亲爱的兄弟纳入他的怀抱:我们在此将他的身体送入大海深处……"他严厉地看了那两人一眼,但他们只是张着大嘴盯着他。"现在,赶紧,别弄它一晚上,把这可怜虫扔下去,你们这俩该死的。"

他们一惊,扑向躺在甲板上的那个小包袱,把它扔下了船。它落入水中,几乎都没有溅起什么水花。尼克尔斯船长脸上带着满意的笑容继续说下去:

"让它腐烂,等到海洋送还死者的那一天,等待复活。现在,亲爱的兄弟们,让我们一起说主祷文,请不要嘟嘟囔囔,上帝想要听见,我也想要听见。我们在天之父……"

他大声对船员复述,除了阿凯外,所有人都同他一起念诵。

"好了,就这些了,"他继续说,但还是那个浑厚的声音,"我很高兴有机会以恰当的方式来主持这个悲伤的仪式。生活中免不了死亡,即使最循规蹈矩的家庭也会遭遇事故。我想让大家知道,如果你们也去了从来没有人返回的彼岸,只要是在英国船上,在英国的旗帜下面,就肯定能得到体面的葬礼,像我主耶稣基督忠实的儿子那样下葬。在正常的情况下,我现在应该召唤你们来三声欢呼你们的船长,阿特金森船长,但这是悲伤的时刻,我们聚集在一起,泪水也难以表达深切的哀思,所以我邀请你们在内心向他致以三声欢呼。现在,圣父、圣子、圣灵,阿门!"

尼克尔斯船长以走下讲坛的姿态侧身,向双桅帆船的船长伸出手,澳大利亚人热情地握紧他的手。

"上帝,你的主持真是一流。"他说。

"熟能生巧。"尼克尔斯船长谦虚地说。

"现在,孩子们,喝一杯怎么样?"

"好主意。"尼克尔斯船长说。他转向自己的船员们。"你们先回芬顿号上去,汤姆,你回来接我们。"

四个船员在甲板上走着。阿特金森船长从船舱里拿来一瓶威士忌和一些杯子。

"牧师都不见得会比你做得更好。"他说,对尼克尔斯船长举了举杯。

"是感情问题。必须要有感情,我在主持仪式时,并不认为那只是个肮脏的小日本佬,他在我眼里跟你或者弗雷德或者医生都是一样的。这就是基督教,是的。"

十三

季风一个劲地猛吹,等他们离开陆地的庇护时,发现海浪滔天。医生对航海一无所知,在他不习惯的眼里看来这很可怕。尼克尔斯船长让人放下了船尾的水桶。海涛顶着白色的浪花,显得巨大无比,人在那艘小船中感觉离海水很近。大浪时不时打在船上,溅起水花扑在甲板上。他们经过一些岛屿,每经过一个岛屿,医生都要自问如果翻船,他是否能游那么远。他很紧张,这让他非常苦恼。他知道没有必要担心。两个黑人坐在船舱口把绳子结在一起做捕鱼的线,他们专注于手头的活计,几乎都懒得看海一眼。海水浑浊,四处都是礁石。船长命令一个人站在艏斜帆桁上观察,这个黑人挥舞手臂给船长指引方向。阳光灿烂,天空湛蓝,但是高空上白云急匆匆地平移。医生尝试读书,但是当海水飞溅上来时,他时不时要躲闪一下。很快听见一声闷响,他抓紧船舷,原来他们撞上了礁石。他们越过礁石,又进入深水区域。尼克尔斯对负责观望的人大声喊叫,咒骂他没有留意。他们又撞上一块礁石,然后又越了过去。

"我们最好离开这里。"船长说。

他调整了航向,朝开阔的海域驶去。船左右摇晃得很厉害,船身每次正过来时都猛地跳动一下。桑德斯医生全身都湿透了。

"你为什么不下到舱房去?"船长喊道。

"我情愿待在甲板上。"

"没有危险的,你知道吧。"

"会不会变得更糟?"

"那我也不会吃惊的,看上去更厉害一些了。"

医生看着船尾,看见翻腾的大海直冲过来,他感到下一个海浪会撞上帆船,帆船将来不及招架,但是船像人那样灵敏地及时躲过了浪头,继续高昂地行驶。他不舒服,他不高兴。弗雷德·布莱克走到他身边。

"太妙了,对吧?来一点这样的大海浪简直令人振奋。"

他一头鬈发在风中散乱,双眼闪闪发光,他很享受。医生耸耸肩,但没有答话。他看着一个大浪头顶着高耸紧绷的浪尖向他们汹涌翻滚而来,好像那并非自然力量无意识的结果,而是充满恶意。它越来越近,似乎最终会吞没他们,脆弱的船只根本无法对抗如此排山倒海之势。

"注意。"船长喊道。

他让帆船笔直面对大浪,桑德斯医生下意识地抱紧桅杆,海浪直拍帆船,水像一堵墙那样倾倒在他们身上,甲板浸泡在水里。

"真是庞然大物。"弗雷德喊叫着。

"我要洗个澡。"船长说。

他们两个都笑了起来,但是医生却害怕得要命。他真希望自己还是安全地待在塔卡纳岛上等待汽轮船。因为不愿意忍受两三个星期的烦闷,却拿生命来冒险,真是太蠢了!他在心里发誓,如果躲过这一次，下次再也没有什么可以诱惑他去做这么荒唐的事情。他不再尝试阅读，眼镜片上溅满了水花，什么也看不清楚，书也湿透了。他看着浪头翻滚，海岛全都在远处隐隐约约。

"你喜欢吗，医生？"船长喊着。

帆船像只瓶塞那样上下翻滚。桑德斯医生勉强笑着。

"把蜘蛛网全都吹走是好事。"船长又说。

医生从没见过他如此好的兴致。他机警灵活，似乎很享受自己的能力，说他适得其所也一点不夸张。害怕？他根本不知道什么叫害怕，这个庸俗狡猾的骗子；他身上没有任何体面的东西，他对于为人的尊严和美的事物一无所知，你认识他不到二十四小时就会知道，如果有两种处事方式，一种诚实无欺，一种歪门邪道，那他肯定会选择歪门邪道。在他肮脏下贱的心里面只有一个动机，那就是不择手段占别人的上风：这甚至都不是热爱罪恶，毕竟那样也还有种邪恶的壮观，这是一种恶作剧，是在从讨别人便宜中得到满足。然而，在这无边无际的怒海当中的一只小船上面，一旦灾难降临，就完全没有获救的可能，他却泰然自若，因为对大海的了解而坚强、骄傲、自信和高兴。他掌握着这只小船，如此信心十足，技巧娴熟，似乎从中得到了很大的乐趣；船在他手里就好像一匹马在深知马的习性和诡计、马的心血来潮和能力的驯马人手中一样；他狡猾的小眼睛带着笑容，观看着大海，在海涛雷鸣般呼啸而过时满足地直点头。医生几乎觉得在他眼里海浪也是活跃的动物，他玩世不恭地认为能战胜它们也是一种乐趣。

桑德斯医生看见巨大的浪头向他们扑过来，缩了一下，抱紧了桅杆,随着船的摇晃翻过来滚过去,好像身体的重量能对小船起到什么作用似的。他知道自己面色苍白,感到脸上很僵硬。他不知道万一翻船的话,是否还有任何机会乘上两只小划艇中的一只。然而即使乘上小划艇,也没多大逃生机会,因为任何有人居住的地方都在一百英里之外,且不在航线之内。如果发生不测,唯一能做的就是让自己迅速下沉。他不在乎死亡,但害怕死的过程,不知道喝水被呛的感觉是否非常难受,而且不管自己意愿如何,还是会拼命挣扎的。

厨师端着他们的晚餐悄悄走上了甲板。海水淹没了储藏室,他也没办法生火,所以晚餐只有罐头牛肉和冷土豆。

"让乌坦来掌舵。"船长喊叫道。

那黑人站到了船长的位置上。三个人围在一起吃那顿可怜的饭菜。

"我倒是很饿了,"尼克尔斯快活地说,一边吃了起来,"你胃口怎么样,弗雷德?"

"没问题。"

这年轻人全身都湿透了,但是面色开朗,双眼闪光。桑德斯医生好奇他满不在乎的态度是否装出来的。他吓坏了,而且因为害怕而生自己的气,他恼怒地看了船长一眼。

"如果你能消化这个,就可以消化一头牛了。"

"上帝保佑,有点风浪时,我从来就不会消化不良,对我就像一帖兴奋剂,真的。"

"这该死的风还要吹多久?"

"你不大喜欢它,医生?"船长狡黠地咯咯笑了,"大概日落时会平息,要不就还会再吹一阵。"

"我们不能找个海岛躲一下吗?"

"在海上要好些。这样的船只,可以经受一切。我可不想撞上礁石粉身碎骨。"

他们吃完饭后,尼克尔斯船长点上了烟斗。

"来一盘克里比奇牌怎么样,弗雷德?"他说。

"行啊。"

"你不会现在打那该死的牌吧?"医生说。

尼克尔斯船长轻蔑地看了海一眼。

"就一点水而已;什么都不是。那些黑鬼,让他们掌舵,跟让任何人掌舵一样没问题。"

他们下到船舱里去了。桑德斯医生待在甲板上,阴郁地看着海。下午的时间在他面前无限地延伸,他好奇阿凯在干什么,于是就往前走去。只有一个船员在甲板上,舱口封住了。

"我的仆人在哪里?"他问。

那人指指储藏室。

"在睡觉。你想下去?"

他打开舱门,医生走下甲板。有一盏灯亮着,阴暗闷臭,有个黑人坐在地板上,身上只有一块遮羞布,正在补裤子;另一个黑人和阿凯在自己的铺位上,安静地睡着了。但是医生悄悄走近时,阿凯醒了,对主人友好甜蜜地笑了笑。

"感觉还好吗?"

"好。"

"怕吗?"

阿凯又笑了笑,摇摇头。

"继续睡吧。"医生说。

他爬上梯子,费力推开舱门,甲板上有人帮了他一把。他走上甲板,一大片水泼在他脸上,他的心往下一沉。他诅咒着,对着翻滚的海水挥了挥拳头。

"还是下去吧,"那黑人说,"这里太湿了。"

医生摇摇头。他站在那里抓住一根绳子,他想要有人做伴。他知道得非常清楚,他是船上唯一害怕的人,即使像他一样对海一无所知的阿凯也无所谓。根本没有危险,他们在船上就像在陆地上一样安全,但是每次一个大浪随风打来,浪花溅上甲板,他都不由自主地感到一阵害怕。大量的水从排水口涌出去,他吓坏了。他似乎觉得自己完全是靠意志的支撑才没有找个角落缩起来呜咽一顿。他本能地想要向他并不信仰的上帝祈求救助,他必须咬紧牙根才能阻止颤抖的双唇不发出祷告的声音。此情此景在他看来实在有点讽刺意味,他这么个高智商的人,有点自视为哲学家,竟然会被这种疯狂的恐惧感攫住。他因为这种荒谬而沮丧地笑了。他这么个头脑灵敏、知识广博、理性看待生命的人,认为死去也没有什么损失,竟然会吓得发抖,而那些人,就像他身边的黑鬼一样无知,却处之泰然。想想也觉得气闷。这恰恰表明心智是多么可怜的东西。他怕得要死,自问:到底在怕什么?死亡吗?他曾经直面过死亡。有一次他的确决定结束生命,当然是要没有疼痛。需要勇气、犬儒心态以及冷静理性的奇怪混合来支撑他将这了然无趣的生命维持下去。他现在很高兴当初他理智地活了下来,但是他知道自己并不很眷恋生命。当身患疾病时,他对生命无所依恋,几乎盼望早点消亡,不但认命,甚至还心情愉快。痛苦?他很能忍耐痛苦,毕竟如果你能够平静地忍受登革热和牙痛,你就能忍受任何事情。不,不是这样的,这只是他无法控制的本能;他好奇地观望着那令他喉咙发紧双膝打战的恐惧感,好像那是超越他自身的东西。

"真奇怪。"他一边嘟囔着,一边朝船尾走去。

他看了一眼手表,老天,才三点钟。因风扫过而非常清朗的天空有种令人恐惧的感觉,它的灿烂冷酷无情,似乎与狂暴的大海没有关系;而大海颜色冰冷湛蓝,也毫不考虑人的感受。这种力量同他开玩笑,摧毁了他,并非出于恶意,而只是肆无忌惮地作乐,实在是奇怪而疯狂。

"还是给我从海滩上看见的海吧。"医生阴郁地嘟囔着。

他走下船舱。

"总之翻出杰克赢了两点。"他听见船长在说。

他们还在玩着那沉闷的牌戏。

"糟糕透了。"

"天气在变好之前还会变得更糟一些,就像女人生孩子。这都是些好船。刮飓风时,我情愿乘这种澳大利亚捕捞珍珠船,也不坐跨大西洋轮船。"

"该你出牌了。"

他们在船长的床铺上打牌,医生换下湿透了的衣服,倒在另一张床上。他在这种摇晃的灯光下无法阅读,只好躺着,听着单调的牌戏术语,听上去是种持续不断的嘈杂声。船舱吱吱嘎嘎作响,头顶上风暴怒吼,他左右翻滚着。

"这个浪头大。"弗雷德说。

"真挺得住,对吧?五十二,五十四。"

弗雷德又赢了,船长一边打牌一边抱怨个不停。医生缩紧四肢肌肉来忍耐恐惧带来的痛苦。时间慢得令人害怕。太阳落山时,船长上了甲板。

"风大了一点。"他回到舱房里说。

"我去睡一下,看上去今晚不像能睡得好。"

"你为什么不让船也歇歇?"弗雷德问。

"在这样的海浪中让它随风漂?不,先生。只要一切都在原位,它就没问题。"

他蜷缩在自己的铺位上,不到五分钟,就平静地打起了呼噜。弗雷德上甲板去呼吸新鲜空气。医生因为自己居然会愚蠢到去乘坐这样一艘小帆船而生自己的气,他也生船长和弗雷德的气,因为他们感受不到紧紧攫住了他的恐惧。可是等到帆船似乎上百次面临沉没,但每次都正了过来以后,他也就渐渐不由自主地开始佩服起这艘勇敢的小船来。七点钟时厨师端来了他们的晚餐,叫醒了尼克尔斯船长吃饭。他终于点着了火,他们有了热炖菜和热茶。然后三个人都上了甲板,船长掌舵。夜色晴朗,成千上万颗星星明亮地闪烁;海涛翻滚,黑暗中浪头看上去巨大。

"天哪,一个大浪来了。"弗雷德喊道。

一堵巨大的绿色高墙,浪头水花四溅,朝他们直扑过来,似乎不可避免地会落在他们头上。如果真的如此,那么芬顿号将无力招架,肯定会彻底翻个底朝天。船长四下打量一眼,身子紧紧贴在舵轮上。他急打舵轮,让浪头直接狠狠地打在了船尾。船尾突然偏离了航向,大量海水浇在船侧,他们什么都看不清了。然后舷墙冒出水面,芬顿号像一只踏上陆地的狗那样甩甩身子,水从排水口涌了出去。

　　"这已经不是开玩笑了。"船长吼叫着。

　　"附近有什么岛屿吗?"

　　"有,如果我们能一直航行两个小时,就可以躲到岛屿的避风处去。"

　　"礁石怎么办?"

　　"没有标出有任何礁石。月亮很快就要出来了,你们两个家伙最好下去。"

　　"我要待在甲板上,"弗雷德说,"船舱里太闷了。"

　　"随你便。你呢,医生?"

　　医生犹豫了一下。他憎恶怒海的样子,又对自己的恐惧感到厌烦。他已经死过很多次,感情已经枯竭了。

　　"我能帮上忙吗?"

　　"帮不上啥鸟忙。"

　　"要记住你搭载着恺撒和他的财富。"① 他对着船长的耳朵

---

① 这句话出自普鲁塔克《恺撒大帝》:"别担心,朋友,你船上搭载着恺撒和他的财富。"

喊道。

但是尼克尔斯船长从来没有接受过古典教育,看不出玩笑在什么地方。如果我会死,我就会死,医生想着,于是他打定主意要好好享受也许是在世上最后的几小时。他去找阿凯,男孩跟着他回来,一起下到舱房里去。

"让我们试试金青的烟土,"桑德斯医生说,"今晚不用节省。"

男孩从提包里拿出大烟灯和鸦片,以他一贯的漫不经心开始准备烟管。长长吸入的那第一口比任何时候都惬意。他们轮流抽着,安宁慢慢地进入他的心灵,他的神经不再随着帆船的摇晃而颤抖,恐惧离开了他。医生抽了惯常抽的六管烟之后,阿凯躺了下来,似乎结束了。

"还没有,"医生轻轻地说,"这一次我要吸个够。"

船只的晃动不再令人感到难受,他似乎觉得自己一点点地掌握了它的节奏,被左右晃动的只是他的肉体,他的精神上升到远离风暴的地方。他在无限中遨游,但是他在爱因斯坦之前就知道,肉体受限于他自己的思想。他再次意识到只需要稍微延展心智,就能解开一个大谜团;但是他没有去尝试解谜,因为更加高兴知道它就在那里等着被解开。它令人愉快地在那儿长久地诱惑着他,但是现在任何时刻都可能是他最后的时刻,要去破除这种神秘就太不适宜了。他就像一位教养有素的男人,不会去羞辱情妇让她知道他不相信她的谎言。阿凯睡着了,蜷缩在铺位下面。桑德斯医生动了动,避免打扰他。他思索着上帝和永恒,在心里对生活的荒谬轻轻地笑了。残缺的诗句在他记忆中飘浮,他似乎觉得自己已经死了,尼克尔斯船长是身披油布雨衣载人去彼岸的摆渡人,正在带他去一个陌生甜蜜的地方。他终于也睡着了。

十四

他在黎明时分的寒意中醒来,睁开双眼,看见舱门打开了,然后发现船长和弗雷德在床铺上熟睡。他们进来时特地打开了舱门,因为鸦片的辛辣味太重了。他突然意识到帆船不再摇晃,他坐起来,感到身体有点沉重,因为不习惯抽那么多鸦片。他想出去透点气。阿凯还在平静地睡着,依然在先前入睡的地方。他碰碰阿凯的肩膀,男孩睁开眼睛,双唇绽开一个微笑,使他年轻的脸庞变得非常美。他伸伸懒腰,打了个哈欠。

"给我弄点茶来。"医生说。

阿凯立刻站了起来。医生跟着他走上甲板,太阳还没有升起,天上还挂着一颗残星,但是夜色已经褪去,变成幽灵般的灰色,船似乎漂浮在一朵云上。掌舵的是位老水手,脖子上系着一条围巾,一顶皱巴巴的帽子紧贴在头上,他不高兴地看了医生一眼。海已经相当平静了,他们在两座岛屿之间航行,岛彼此靠得那么近,几乎可以说船是在一条水道中行驶。微风轻轻吹着,掌舵的黑人似乎差不多睡着了。曙光在树木丛生的低矮岛屿上慢慢延展开来,阴沉着脸,从容不迫,似乎掩盖着内心的忧虑。你感到用女孩来形容岛屿,是自然而然,甚至非如此不可的事情。它的确有着一位年轻女孩的羞怯和优雅、迷人的认真劲头、冷漠和无情。天空有一种古老塑像久经风雨的颜色,船两旁的原始森林仍旧停留在夜色中,然后,不知不觉中灰色的海面染上了鸽子胸脯般柔和的色调。停顿了一下,然后天色大亮。在这样无人居住的岛屿中间航行,行驶在平静的海上,四周一片静寂,你几乎要屏住呼吸,有一种奇异和兴奋的感觉,好似这就是世界的开始。这里可能人迹罕至,你感到双眼所见之处此前还从来没有谁见过。你有种原始的新鲜感,世世代代的复杂性消失了,有种赤裸裸的简单,就像根直线条一般明净,使灵魂充满狂喜。桑德斯医生此刻体会到了神秘主义者那种极乐的感觉。

阿凯给他端来一杯茶,茉莉花茶,他从刚才一时间漂浮的精神高度上爬了下来,让自己感受物质享受的快乐,好似舒舒服服地坐在一张扶手椅上那样。空气凉爽宜人,他什么都不想,只愿意一直待在这条船上,平稳地在绿色的岛屿中间航行。

他在那里坐了一小时,享受悠闲,然后听到甲板上有脚步声,弗雷德走了上来。他穿着睡衣,头发蓬乱,看上去非常年轻,如同他这个年龄的人必然的那样,他醒来就面色清新,脸上没有任何皱纹,不像医生本人睡醒时那样满面皱纹,尽显岁月沧桑。

"你起得好早,医生。"他看到了空茶杯,"我是否也能要杯茶?"

"叫阿凯。"

"好的,我先去让乌坦给我泼两桶水在身上。"

他走去同一个船员说话,医生看见那黑人用根绳子把水桶放进海里,然后弗雷德·布莱克脱去睡衣,赤身站在甲板上,那人把水泼在他身上。水桶又放了下去,弗雷德转了个身。他个子很高,宽肩细腰窄臀;手臂和颈脖子都晒黑了,但身体其余部分很白。他擦干净身体,又穿上睡衣,回到船尾。他的双眼闪闪发亮,嘴唇带着微笑。

"你是个非常好看的小伙子。"医生说。

弗雷德满不在乎地耸耸肩,坐在另一张椅子上面。

"我们昨晚上丢失了一只小划艇,你知道吗?"

"不,不知道。"

"见鬼的大风,我们损失了艏三角帆,直接被撕成碎片。我们能找到岛屿之间来躲避,尼克尔斯不是一点点高兴啊,告诉你吧。我还以为我们挺不过去了呢。"

"你们一直待在甲板上吗?"

"是。我觉得万一翻船,我还是情愿待在上面。"

"那你也不会有什么机会。"

"我知道不会有。"

"你不怕吗?"

"不,你知道的,我觉得该来的就会来,没有办法的。"

"我怕死了。"

"尼克尔斯昨天下午就说过,他觉得好笑死了。"

"年龄的关系,你知道吧。老年人比年轻人更容易害怕。我不得不认为这真是好笑,你们这些人还有一辈子好活,我比你们能失去的少多了,却比你们更害怕失去。"

"你如果这么害怕的话,怎么还能想事情呢?"

"我身体害怕,但不能阻止我用心来思考。"

"你这人有点意思,对吧,医生?"

"这我就不知道了。"

"抱歉那天你问是否可以搭乘这艘船的时候,我态度很粗暴。"他犹豫了一会儿,"我有病,你知道吧,神经有点不对头。我对不认识的人不太有热情。"

"哦,没事的。"

"我不想让你以为我是个粗人。"他打量着平静的景色。他们已经驶出了两座岛屿之间狭窄的湾道,进入了一片貌似内陆海的地域。四周是遍布植被的低矮小岛,海水像瑞士的湖泊那么湛蓝平静。"同昨晚有点不一样了,昨晚月亮升起来时变得更加糟糕,我搞不懂你怎么睡得着,那样折腾。"

"我吸了鸦片。"

"你同那个中国佬去舱房时,尼克尔斯说你要去吸鸦片,我还不相信呢。但是等我们下去时——哇,那味道简直可以掀掉你的天灵盖。"

"你为什么不相信呢?"

"想象不出一个像你这样的人竟然会自我堕落到做这种事情。"

医生嘿嘿笑了。

"一个人应该宽容别人的罪恶。"他平静地说。

"我没有理由责怪任何人。"

"尼克尔斯还说了我什么?"

"噢,嗯。"他看见阿凯,停顿了一下。阿凯穿着白色衣衫,收拾得整整齐齐,身材细长动作优雅,过来收拾了空茶杯。"反正不关我什么事情。他说你因为什么事情被除名了。"

"正确的表述是从医师登记簿上移除。"医生镇定自若地打断他。

"他还说他相信你坐过牢。看见一个像你这么高智商的人,在东方名气这么大,竟然会在个破破烂烂的中国城市定居,当然人们会忍不住好奇。"

"你怎么会觉得我智商高呢?"

"我看得出来你受过教育。我不想让你以为我是个恶棍,我正在读书准备做会计师,结果身体出了问题。这不是我习惯的生活。"

医生笑了。没有谁比弗雷德·布莱克看上去更健康更精神焕发了。他宽阔的胸膛健壮的体格,戳穿了身患肺结核的谎言。

"我能告诉你一件事情吗?"

"如果不想告诉的话就别说了。"

"哦,不是关于我自己,我很少谈论自己。我觉得当医生的保持一点神秘感不是什么坏事,这让病人更相信他。我要告诉你一些基于经验的想法。如果有什么偶然事件粉碎了你为自己规划的生涯,例如一件愚蠢的事情,一桩罪行或者不幸事件,你不应该认为自己已经沦落了。那也许是好运气,很多年以后回头看,你也许可以告诉自己,如果不是因为环境改变,你就会度过枯燥单调的日子,灾难强加在你身上一种新的生活,到最后你不会愿意用世上任何东西来换取。"

弗雷德收回了目光。

"你为什么对我说这个?"

"我觉得也许这个信息有用。"

年轻人轻轻叹了口气。

"你根本不了解人们,对吧?我过去总认为一个人不是白种人就是黄种人。我似乎觉得你很难猜测紧要关头时一个人会怎样做。我见过的所有地痞无赖里面,还从来没有见过谁能比得过尼克尔斯。他是有正道不走,情愿要走歪门邪道的,你半点都不能信赖他。我们已经在一起蛮长时间了,我觉得他已经没有什么是我不了解的。如果有机会他连兄弟都会出卖,他身上没有任何能上台面的东西。昨晚上你要是看见他就好了,我不怕告诉你昨晚有多险,你会大吃一惊的,他却像个没事人一样。我的感觉是他干脆就是享受得不行,他还对我说:'你祷告过了吗,弗雷德?如果在天气变得更糟糕前还到不了那些岛屿的话,我们早上就要喂鱼了。'他那张丑脸笑开了花。他一点都没有惊慌失措。我自己也曾经在悉尼港开过船,说实话我从来没见过谁像他对付这艘船那样开过船。我向他脱帽致敬,我们今天还在这里,全亏了他。他胆子真大。但是如果他认为亏待我们,你和我,骗骗我们弄它个二十英镑而不用冒什么险的话,你觉得他会犹豫吗?你怎么解释这个呢?"

"噢,我不知道。"

"但是你不觉得好玩吗,一个这样生来就是无赖的家伙居然如此无所畏惧?我的意思是,总是听人说一个坏人可能会气势汹汹欺负人,但是等危机到来时,就成了一摊泥。我恨死了那个家伙,但是昨儿晚上我还是忍不住佩服他。"

医生平静地笑了,但是没有吭气。这孩子对复杂的人性发自内心的惊讶令他感到好笑。

"而且他还很自鸣得意。我们一直打克里比奇牌,他以为自己很了不起,结果我总是打败他,他还会一直打下去。"

"他告诉过我你一直运气很好。"

"人们说情场得意,赌场失意。我打了一辈子牌,知道技巧,这也是我想做会计师的原因之一。我有这种头脑,不是运气问题,运气是时好时坏的。我就是知道怎么打牌,长久下来总是最会打牌的人赢。尼克尔斯以为自己很厉害,但是他跟我打牌什么鬼机会都没有。"

谈话停了下来,他们悠闲地并排坐着。过了一会儿,尼克尔斯船长醒了,也上了甲板。他穿着肮脏的睡衣,没洗脸没刮胡子,加上那一口烂牙齿和一身邋里邋遢的样子,看上去简直令人厌恶。他那张脸在清晨灰色的光线中有种易怒的神色。

"又来了,医生。"

"什么?"

"我的消化不良。我昨晚睡觉前吃了一点东西,我知道睡前不该吃东西的,但是我饿了,就是想吃,现在堵在我胸口了,残酷的东西。"

"让我们看看能想点什么办法。"医生笑着,从椅子上起身。

"你没办法的,"船长阴郁地说,"我知道自己的消化问题,经过一阵凶恶的天气之后,我总是会消化不良的,就像我的名字总是尼克尔斯那样。我叫它残酷的硬石头。嗯,你还以为我掌舵了八个小时,总可以吃点冷香肠和一片奶酪什么的,不会因此受罪。他妈的,人总要吃东西吧。"

十五

桑德斯医生要在坎达迈拉①离开他们,那是坎达海域的两座岛屿,荷兰皇家蒸汽邮轮公司的船只会定期到港。他认为不会等待很久,就会有船只到达,将会去他愿意去的某个地方。大风迫使他们偏离了航线,他们停泊了二十四小时,所以直到第六天,一大早,风勉强能张开船帆,他们才看见了迈拉火山。小镇坐落在坎达岛上,他们在九点前到达港口,《航海指南》已经提醒过说入港口不容易。迈拉是一座圆锥形高山,岛上森林植被几乎一直延伸至山顶,浓厚的烟云就像一棵巨大的五针松从火山口升起。两个岛屿之间的水道狭窄,据说潮流汹涌。有个地方只有半节锚链那么宽,中间还有浅滩,只有一点点水覆盖。但是尼克尔斯船长是个好水手,对此了如指掌。他很得意有机会炫耀一下。他穿着那身花里胡哨的条纹睡衣,头上戴顶瘪塌塌的帽子,一周没刮脸白胡子拉碴,看上去委实不像样,但却轻松自如地操纵着帆船进了港。

"看上去没那么糟。"他说,看见了小镇。

海边有仓库和本地人那种带茅草屋顶的高脚楼。赤裸的孩子在清澈的海水里玩耍,一个华人戴顶宽边帽在独木舟上钓鱼。港口一点不拥挤:只有两只小划艇,三四只大帆船,一只摩托艇和一只破旧的纵帆船。小镇远处的山顶上有一根旗杆,挂着一面无精打采的荷兰国旗。

"不知道是否有旅店。"医生嘟囔着。

他和弗雷德站在掌舵的尼克尔斯船长两旁。

"肯定有。过去曾经是个繁华的地方,香料贸易中心什么的,肉豆蔻。这地方我从前没来过,但人家告诉我说有大理石宫殿,还有一些什么我不知道的。"

有两个栈桥,一个干净整洁;另一个是木制的,摇摇欲坠,油漆剥落得厉害,比第一个更短些。

"长点的那个属于荷兰公司,我猜,"船长说,"我们去另一个吧。"

他们到了栈桥边上,主帆嗖的一声落下,他们收紧了帆。

"嗯,医生,你到了,行李什么的都拿好了吗?"

"你们也要上岸的,对吧?"

"你怎么说,弗雷德?"

"要的,上岸。待在这条船上简直烦透了,再说我们还要再去找一条小划艇。"

"我们还需要一个艏三角帆。我先去收拾一下自己,马上就来。"

船长下到舱房里去了。他没花多长时间盥洗,只不过是脱下睡衣,换上一条卡其布裤子,赤身穿件卡其布外套,赤脚穿上那双旧的网球鞋。他们顺着摇摇晃晃的阶梯爬上栈桥,走在了栈桥上。没有

---

① 毛姆杜撰的岛名,原文为 Kanda‑Meira,实际应为班达奈拉(Bandanaira),位于印度尼西亚马鲁古省班达群岛。

人，他们走到岸边码头，犹豫了一会儿，选择了看上去像是主街的那条道路。街上空荡荡的寂静无人，他们并排走在路中间，四下打量着。在船上待了这么多天之后，能够伸伸腿真舒服，脚下坚实的土地也令人放心。道路两旁的平房有很高的尖屋顶，铺着茅草，屋顶伸出来，由柱子支撑着，多立克或柯林斯样式，构成了宽大的游廊。这些房屋有种年代久远的富裕气派，但是粉刷的白墙已经斑驳污损破旧，房屋前的小花园野草丛生。他们看见的店铺似乎全都卖着同样的货物，棉布、纱笼和罐头食品，没有活力，有些店铺甚至都无人看管，似乎不指望会有人来买东西。他们路上遇见的几个人，马来人或者华人，全都行色匆匆，好像唯恐会引起回声。不时有股豆蔻香味扑鼻而来，桑德斯医生拦住一位华人问旅店在哪里，他告诉他们一直朝前走。他们很快就到了旅店门前，进了店，没有人在，但他们还是在游廊上一张桌子旁坐下来，用拳头敲着桌子。来了一位身着纱笼的土著妇女，朝他们看着，但是等医生跟她说话时，她又消失了。然后又来了个混血儿，他边走边扣着他的卡其布便装，桑德斯医生问是否能要一间房，这人听不懂他的话，医生又对他说中文，此人用荷兰语答话，但是医生摇摇头，他笑着做了个手势，让他们等着，跑下台阶。他们看见他穿过了马路。

"去找人，我猜，"船长说，"他们居然不说英语，奇怪，他们还说这是个文明的地方。"

混血儿几分钟后跟着个白人一起回来，把他们指给那白人看，他好奇地打量了他们一眼，走上台阶来，彬彬有礼地抬了抬遮阳帽。

"早上好，先生们，"他说，"有什么需要帮忙的吗？范里克听不懂你们想要什么。"

他的英语很标准,但带有外国口音。他是个年轻人,二十来岁,个子非常高,至少有六尺三,肩膀很宽,是个健壮的家伙,但动作笨拙,因此虽然给人很有力气的感觉,却看上去不自在。他的帆布服装整洁干净,扣得整整齐齐的上装口袋里露出一支钢笔。

"我们刚刚乘船到这里,"医生说,"不知我是否能在这里要个房间,等下一班轮船到来。"

"当然,旅店还没有住满。"

他转向那个混血儿,很流畅地对他解释医生想要什么。两人简短地说了一阵之后,他又改说英语。

"是的,他可以给你一个好房间,包餐食,每天八个古尔登。经理去巴塔维亚了,但是范里克在管事情,他会让你住得舒舒服服的。"

"喝一杯怎么样?"船长说,"我们要喝点啤酒。"

"你也一起来吧?"医生客气地问。

"非常感谢!"

年轻人坐下来,脱去帽子。他脸庞宽而平坦,塌鼻子,颧骨很高,小小的黑眼睛;他光滑的皮肤蜡黄,脸上没有血色,漆黑的头发剪得很短。他一点也不好看,但是那张丑陋的大脸庞看上去一副好脾气的样子,让你不由得有点喜欢他。他的眼神温和友善。

"荷兰人吗?"船长问。

"不,我是丹麦人,埃里克·克里斯特森,我是这里一家丹麦公司的代表。"

"来很久了吗?"

"四年了。"

"天哪!"弗雷德·布莱克喊道。

埃里克·克里斯特森轻轻笑了一声,像个孩子那么单纯,友好的双眼和善地闪了闪。

"这地方很好,是东方最浪漫的地方。他们想让我调离,但是我请求留下来。"

一个仆役给他们拿来了瓶装啤酒,大高个丹麦人喝酒之前举了举杯。

"祝身体健康,先生们。"

桑德斯医生不明白为何这位陌生人竟然如此吸引他。不仅仅是他的友善,这在东方很常见:是他的个性中有种东西能令人感到愉快。

"看上去不像有什么生意的样子。"尼克尔斯船长说。

"这地方死了。我们活在记忆里,这就是岛上的特征。过去,你知道吧,来往船只非常繁忙,有时港口挤得满满的,船只要在外面等待,有船离开才能让出空位来让它们有机会进港。希望你们在这里多待待,让我带你们四下看看。很可爱,是僻静海域不为人知的一个小岛。"

医生竖起了耳朵。他注意到这是哪里摘录的话,但是想不起出处。

"这句话出自哪里?"

"这个,哦,出自《皮帕走过了》①,勃朗宁,你知道的。"

"你怎么会读到这个呢?"

"我读很多书,我最喜欢英语诗。啊,莎士比亚。"他温柔亲切地看了弗雷德一眼,大嘴上挂着笑容,开始朗诵:

"'……像一个低贱的印度人那样,

把一颗比他全部落所有财产更贵重的珍珠随手抛弃;

像一个不惯于流泪的人被感情征服时,

双眼似阿拉伯胶树涌流汁液一般洒下热泪。'"②

这用外国腔调说出来有点怪,粗声粗气的,但是更加奇怪的是居然会有一位年轻的丹麦商人对着狡猾的无赖尼克尔斯船长,对着笨拙的年轻人弗雷德·布莱克引用莎士比亚。桑德斯医生觉得这种情景有点滑稽。船长对他眨眨眼,显然表示这里遇见了一个怪人,但是弗雷德·布莱克红了脸,看上去有点羞怯。丹麦人一点没意识到他做了什么事情竟然会令人惊讶,继续热切地说着:

"在香料贸易的全盛时期,这里的荷兰商人有钱到不知道该拿钱怎么办才好。没有什么货物可让轮船装载,他们就装载大理石,用来建造房屋。如果你们不急的话,我带你们去看看我的房子,过去是一个荷兰移民的。有时在冬天他们就装整整一船冰,好可笑,

---

① *Pippa Passes*,英国诗人罗伯特·勃朗宁的抒情诗剧。
② 出自莎士比亚悲剧《奥赛罗》。

对吧？这是他们能够享受的最大的奢侈。想想竟然从荷兰把冰一路上运过来，整个行程要花去六个月的时间。他们都有自己的马车，在夜间凉快时，最时髦的事情就是沿着海边驾车，绕着广场兜风。应该有人把它写下来才好，就好像荷兰人的《一千零一夜故事集》。你们进来时看见葡萄牙人的港口了吗？我今天下午带你们去那里，如果有什么我可以帮忙的话，请一定告诉我。我会非常高兴的。"

"我要把行李拿过来，"医生说，"这两位先生好心肠让我搭乘他们的船到这里，我想尽量不再麻烦他们了。"

埃里克·克里斯特森朝另外两位和气地笑笑。"啊，这就是我喜欢东方的地方，每个人都那么好，再怎么麻烦别人都不算什么，你想象不出来我在完全陌生的人那里得到过什么样的善意。"

四个人站起身来，丹麦人告诉那位混血儿经理说桑德斯医生等下会同仆人一起带着行李过来。

"你们应该先吃午餐，今天是印尼料理，他们做得很好吃。我会一直在这里。"

"你们两位最好同我一起吃饭。"医生说。

"印尼料理会要我的命，"尼克尔斯船长说，"但我可以坐着看你们吃。"

埃里克·克里斯特森严肃地同他们三人握握手。

"真高兴认识你们。我们这个岛上不大有陌生人来，再说我也总是很高兴认识英国绅士。"

他对他们鞠个躬，在台阶下跟大家分手。

"那家伙是个聪明人,"他们走了一会儿,尼克尔斯船长说,"一眼就看出我们是绅士。"

桑德斯医生看他一眼,他脸上的表情没有一丝嘲讽。

十六

几小时之后,医生安顿了下来,他和他要款待的芬顿号上的两位客人坐在旅店的游廊上,在中饭之前喝杯杜松子酒。

"东方跟老早不一样了,"船长说,摇摇头,"咳,我年轻时,荷兰人开的旅店里,中饭和晚饭时桌上都会放着一瓶瓶杜松子酒,你只管喝就是了,免费的。喝完一瓶,叫仆役再拿一瓶来就是了。"

"可能开销很大吧。"

"嗯,你知道吧,奇怪的是并不大,你很少会看见有谁占小便宜。人性就是如此,好好地对待一个人,他也会很好地回报你。我相信人性,我一直相信。"

埃里克·克里斯特森走上台阶,对他们脱帽致敬,进了旅店。

"来跟我们喝一杯。"弗雷德喊道。

"很高兴。我先进去洗一下。"

他进了旅店。

"哇啦,怎么回事?"船长说,狡狯地看着弗雷德,"我还以为你不喜欢陌生人呢。"

"看情况嘛。我觉得他似乎是个好人,他从来没问过我们是什么人,在这里干什么的。一般大家都很好奇。"

"他生来彬彬有礼。"医生说。

"你要喝什么?"丹麦人坐下来之后,弗雷德问道。

"同你一样。"

他笨拙的身体坐在椅子上,他们开始聊了起来。他没说什么非常聪明有趣的话,但是他的谈话中有种诚实无欺,听上去令人愉快。他令你觉得很自信,他充满善意。桑德斯医生通常不轻易判断人,也不相信自己的直觉,但是对这人他不会错过。仔细想想,他只能将其归之于一种令人惊叹和愉快的认真劲头。很显然弗雷德·布莱克喜欢上了这个大个子丹麦人,桑德斯医生从来没见过他这么健谈。

"看,你最好还是知道我们的名字,"几分钟之后他说,"我叫布莱克,弗雷德·布莱克,医生叫桑德斯,这个家伙是尼克尔斯船长。"

埃里克·克里斯特森站起身来,同大家一一握手,样子有点好笑。

"很高兴认识你们,"他说,"我希望你们在这里待上几天。"

"你们还是要明天起航吗?"医生问。

"这里没啥可待的。今天早上我们看见有条小划艇。"

他们进了餐厅。里面很阴凉,一个男孩拉动蒲扇不时搅动着空气。有一张长餐桌,餐桌一端坐着位荷兰人同他混血的妻子,那是一位肥胖的女人,身着宽松的淡色长裙。还有一位荷兰人,深色的皮肤表明他也有土著血液。埃里克·克里斯特森同他们有礼貌地互致问候,他们漠不关心地盯着陌生人看了看。印尼饭端上来了,盘子上堆满了米饭和咖喱、煎鸡蛋、香蕉和十多种奇奇怪怪的配菜,仆役不断地端上桌来。一切都摆放好之后,他们面前的食物堆成了一座山。尼克尔斯看着他的饭菜,露出无比厌恶的神情。

"这会要我的命。"他板着脸说。

"那就别吃。"弗雷德说。

"我必须保证有力气。如果我们碰见那个糟糕的天气时我没有力气,你现在会在哪里啊?我吃饭不是为自己,是为了你。我知道自己能行,才会去接手一件工作,就是我的死对头也不会说我光偷懒不卖力气。"

那几堆食物分量慢慢减少了,尼克尔斯船长顽强固执地吃干净了盘中的食物。

"上帝,我们好几个星期没这样吃过了。"弗雷德说。

他以一个年轻人的好胃口贪婪地吃着,吃得津津有味。大家都喝啤酒。

"如果等下我不难受的话,那简直就会是奇迹了。"船长说。

他们在游廊上喝咖啡。

"你们最好先睡一下,"埃里克说,"等凉快一点,我来带你们四下看看。很可惜你们不能待长一点时间。上到火山那里很美,可以看到好几英里远,看得见海和很多岛。"

"我们为什么不一直待到医生启程之后呢?"弗雷德说。

"我没意见,"船长说,"经过海上那种惊涛骇浪之后,这里真是不赖。这会儿想起来,不知道喝点白兰地是否能安抚一下刚才那一大碗印尼米饭。"

"做生意吗?"丹麦人问。

"我们在勘探珍珠贝,"船长说,"想要找到一些新的珍珠贝生长地带,运气好的话就能发财。"

"你们这里有什么报纸吗?"布莱克问,"我说的是英文报纸。"

"没有伦敦的报纸,但是弗里斯有澳大利亚报纸。"

"弗里斯,谁是弗里斯?"

"他是个英国人,他每次都收到一大堆《悉尼新闻报》。"

弗雷德的脸色奇怪地变得苍白,但究竟是什么情绪让他变了脸色,谁知道呢?

"你觉得有没有机会让我看看这些报纸?"

"当然有。我去借,或者直接带你去那里。"

"最近的报纸有多旧?"

"应该很旧了,有一批邮件是四天前来的。"

十七

等到白日的炎热消退,埃里克做完了自己的工作以后,就来接他们。桑德斯医生单独同弗雷德坐在一起,船长的消化不良发作得非常厉害,他宣布说自己不想看他妈的什么风景,已经回到船上去了。他们慢慢走过城镇,现在比上午人多了些。埃里克不时脱帽对路上相遇的脸晒得红红的荷兰人和他那无精打采的肥胖老婆致意。华人很少,因为他们不会定居在没有生意可做的地方,但是有一些阿拉伯人,戴着时髦的土耳其帽,身着整齐的帆布上装,还有些戴白帽子,穿纱笼;他们皮肤黝黑,明亮的大眼睛,有着推罗和西顿商人那种闪族人的相貌。还有一些马来人、巴布亚人和混血儿。安静得怪异,有种沉闷疲惫的气氛。旧日荷兰商人的豪宅里面现在住着从巴格达到新赫布里底来的乱七八糟的东方人,这些宅子有种虽然受人尊重但却无钱纳税只好觍着脸的市民的模样。他们到了一堵长长的衰败破旧的白色墙边上,这里曾经是一座葡萄牙人的修道院;然后又来到一个城堡废墟,大块灰色石材建造的城堡已经快要被树木和开花的灌木丛林淹没。城堡前有宽敞的空地面向大海,上面长着巨大的老树,据说还是葡萄牙人栽种的,木麻黄树、加纳利树和无花果树;过去在白日炎热散尽后,他们都喜欢来这里散步。

医生身体有点发胖了,有点气喘吁吁地和同伴一起登上了城堡所在的山头。这个光秃秃的灰色城堡曾经镇守着港口,有一圈深沟围绕,唯一的大门高耸在地面上,他们必须爬一段扶梯才能进门。巨大的方形墙内是防御区,一个个大房间比例协调,房间门窗具有文艺复兴晚期建筑风格,这是军官和驻军居住的地方。从高塔上远眺,可见宽阔壮丽的景色。

"像特里斯坦的城堡。"医生说。

白日缓慢地逝去,海水是当年奥德修斯航行的海水那种葡萄酒色。岛屿被波光粼粼的平静海水环绕,呈现出西班牙天主教堂珍藏的法衣那种浓郁的绿色。这种颜色如此奇异和微妙,似乎只属于艺术而非大自然。

"像是绿色树荫下的绿色思绪。"①年轻的丹麦人喃喃自语。

"从远处看都很好,"弗雷德说,"这些岛屿,但是等你靠近——我的天啊!起初我总是想上岛,从海上看去很不错,我觉得自己愿意在某个岛上度过余生,远离所有人,如果你明白我什么意思的话。就是钓鱼,自己养猪养鸡。结果尼克尔斯笑得要死,说都很糟糕的,但是我坚持要亲眼看一看。哦,我们大概去过半打了吧,我才放弃了这个糟糕的想法。等你到一个岛,上岸之后,它就变得——变得只剩下树、螃蟹和蚊虫。岛就这么从你手指间溜走了。"

埃里克柔和闪亮的眼睛看着他,笑容充满甜蜜的善意。

"我懂你的意思,"他说,"要验证一件事情,总是一种冒险。就好像蓝胡子城堡锁住的房间一样,只要你不去招惹它,你就没问题,

---

① 英国诗人马维尔(Andrew Marvell)的诗句。

如果你转动钥匙走进去,那就要准备好被吓一大跳。"

桑德斯医生听着两位年轻人谈话,许多触动人们的不幸遭遇并不能获得他的同情,但是他对年轻人有种特殊的感情,也许是因为青春予人那么多希望,却转瞬即逝,他觉得当现实打破幻想时,相比许多更加严酷的苦难,青春遭遇的痛苦有种更加值得怜悯的东西在内。尽管弗雷德的表达有点笨拙,但医生还是能理解他的意思,对这小伙子的情感报以同情的微笑。他坐在那里,坐在柔和的阳光中,身穿背心和卡其布裤,帽子脱了,你能看见他一头黑色鬈发,惊人地英俊。他的美貌中有种诱人的东西,桑德斯医生先前觉得他是个乏味的年轻人,现在突然对他有了好感。也许是他好看的外貌欺骗了他,也许是因为有埃里克·克里斯特森的陪伴,但那一刻,他觉得这小伙子身上有种素质是他从来没有想到过的。也许那就是所谓灵魂萌发的模糊探寻。这种想法令桑德斯医生隐约觉得有趣,令他略有些惊讶,就好似看见树枝上貌似嫩芽的东西突然展开翅膀飞走了。

"我几乎每天都来这里看日落,"埃里克说,"在我看来,这就是整个东方了。不是传奇里面的东方,不是宫殿、雕梁画栋的庙宇和统领成群武士的征服者的东方,而是世界之初的东方,伊甸园的东方,那时人也不多,单纯谦卑无知,世界静静地等候,好似空旷的花园等候远行的主人。"

这位健壮单纯的人说起话来有种抒情的意味,如果你不知道这对他而言就如同谈论珍珠贝和椰子肉以及海参那么自然的话,可能会感到不安。他夸张的辞藻有些荒谬,但是如果让你觉得好笑的话,那也是出于善意。他异乎寻常地直率。眼前的景色如此可爱,他们坐在那个荒凉的葡萄牙城堡废墟里面,氛围如此浪漫,因此说话语气高昂一点也并非不合时宜。埃里克沉甸甸的大手轻轻抚摸着一块巨大的石头。

"这些石块和它们见证过的事情啊!比起你提到的那些岛屿,它们有一个很大的优势,那就是你永远发现不了它们的秘密。你只能猜测,也猜不到什么。没有谁知道这里的任何事情。下次我回家时要去趟里斯本,看看能否找到有关曾经住在这里的那些家伙的事情。"

当然有浪漫传奇,但是很模糊,你一无所知,只能勾勒出一些如同没有好好冲洗的照片那么模糊的画面。葡萄牙船长曾经在这些塔楼上站立过,眺望大海的目光搜寻着来自里斯本的船只,盼望带来家乡的好消息;或者忐忑不安地注视着前来攻击他们的荷兰船只。你的脑海里浮现那些皮肤黝黑的勇士,身着盔甲,手中握着自己冒险的一生。但他们只是没有生命的影子,只存在于你的幻想中。还有那座小教堂的废墟,那里每天都有变幻莫测的奇迹发生,然后,在一次攻城之战中,身着法衣的神父来了,为在堡垒上奄奄一息的士兵施最后的涂油礼。这种想象颤动着模糊难辨的印记,充满危险和残酷无情,还有无所畏惧的勇气和自我牺牲精神。

"你从来不想家吗?"弗雷德问。

"不。我常常想到我家乡那个小小的村庄,绿色牧场上有黑白色的奶牛,还会想到哥本哈根。哥本哈根那些带平坦窗户的房子就好似面庞平滑的女人有着近视的大眼睛。那些宫殿和教堂看上去好像出自神话故事。可是我把它全都看作戏剧中的场景，很清楚很有趣，但是我不能肯定自己想走上舞台。我很愿意坐在画廊暗处的座位上，观看远处的景致。"

"毕竟人只能活一次。"

"我也是这么认为，但是生活由你自己掌握。我也许会是办公室里的一个办事员，那可能就会更困难一些，但是这里，有海洋有森林，过去所有的记忆涌上来，这些人，马来人、巴布亚人、中国人、古板的荷兰人，带着我的书，还有像百万富翁那么多的空闲——老天，还能想象得出有什么比这更好的吗？"

弗雷德看了他一会儿，他不习惯思考，皱起了眉头。等他明白了丹麦人的意思，声音里明显表示出了惊奇。

"但这都是虚假的。"

"这是唯一的现实。"埃里克笑着。

"我不明白你的意思。现实是做事情，不是梦想事情。一个人只能年轻一次，必须随心所欲，每个人都想好好活下去。大家都想发财，有好的地位以及所有那些事情。"

"噢，不，一个人做事情是为了什么？当然要花一些时间在工作上，为了挣饭吃，但是除此之外，就是为了满足想象。告诉我，你在海上看见那些岛屿时，心中充满喜悦，等你登上岛屿，看见满目荒凉的丛林时，哪一种是真实的岛屿？哪一种给予你最多，你会在记忆中珍藏哪一种？"

弗雷德对着埃里克迫切和温柔的眼神笑了。

"很糟糕的，老伙计。没必要把某样东西想象得太好，结果等你费了半天劲,却实实在在地发现那只是垃圾。一个人不正视事实的话,不会有什么长进。如果你什么事情都只看表面价值的话,你能指望去哪里呢?"

"去天国。"埃里克说。

"那是在什么地方?"弗雷德问。

"在我心中。"

"我不希望打扰你们的哲学探讨,"医生说,"但是我不得不告诉你们,我渴得难受。"

埃里克笑了,庞大的身躯离开刚才自己坐着的城墙。

"反正太阳很快就会落山了,我们下去吧,去我家喝一杯。"他指了指西边矗立的火山,醒目的圆锥,漂亮的剪影美妙精确地映衬在黯淡下来的天空上。他对弗雷德说:"你明天愿意来一起爬上去吗?从山顶看出去风景好极了。"

"我愿意,可以去爬爬。"

"我们必须早点出发,否则太热了。我可以在黎明前到你的船那里去接你,我们划船过去。"

"没问题。"

他们慢慢走下山坡,很快就回到了城里。

埃里克的房子是他们早上靠岸后在街上闲逛时经过的那些建筑之一,荷兰商人已经在里面住过一百多年了,他任职的商行把整幢房子连家具带花园一起买了下来。房子坐落在一堵粉刷过的高墙里面,但是白粉脱落了,有些地方湿漉漉地发绿。墙内有个小花园,无人打理,疯长着玫瑰花和果树、四处攀援的藤蔓、开花的灌木和香蕉,还有两三棵高大的棕榈树。花园里面杂草丛生,在黄昏的光线中看上去荒凉和神秘。萤火虫慢悠悠地飞来飞去。

"恐怕很久没打理了,"埃里克说,"有时我想请几个苦力来清理这一团乱麻,但是又喜欢它这样。我喜欢想象那位荷兰先生曾经在这里夜间的凉爽中悠闲地抽着他的中式烟斗,他肥胖的太太坐在旁边挥着扇子。"

他们进了客厅,长长的房间两端都有窗户,但是挂着厚重的窗帘;一个仆人过来,站在椅子上点着了一盏吊挂着的油灯。房间大理石铺地,墙上有油画,但是颜色暗淡,看不清楚画的是什么。房间当中有张大圆桌,圆桌四周是硬邦邦的椅子,罩着绿色印花丝绒。这是个闷热不舒适的房间,但却有着一种不合时宜的魅力,令人生动地想到十九世纪的荷兰那拘谨的画面。这位严肃的商人当年肯定是以骄傲的心情拆开从阿姆斯特丹一路运过来的家具包装,当家具全都各就各位时,他肯定觉得同自己的身份很般配。仆人端来了啤酒。埃里克走到一张小桌子旁去放唱片,看见了一捆报纸。

"哦,这里是你要的报纸,我去要来的。"

弗雷德从椅子里起身,拿了报纸,在大圆桌的灯旁坐下。因为在那葡萄牙老城堡上时医生提到过,埃里克放的唱片是《特里斯坦》最后一幕的开头部分。回忆使音乐具有了特别的刺激意味。牧羊人观望着无边的大海,久等不见船帆出现,他在芦管上吹出奇异微妙的曲调,表现出因希望破灭而忧郁的情怀。但是令医生心中一动的是另一种痛苦的情绪,他想起了旧时的考文特花园,他身着晚礼服坐在正厅前排的座位上;包厢里坐着盛装的女子,戴着珍珠项链；肥胖的国王眼袋巨大，坐在大包厢的一角；另一边的角落里，坐着迈尔男爵和男爵夫人，远望着乐队，她与他的目光相遇，点头致意。剧院里的气氛富裕安闲，一切都富丽堂皇，似乎有条不紊，从无人想过会有所改变。里希特[①]指挥的音乐是多么富有激情啊，浓郁的曲调辉煌灿烂，冲击着感官！但是当时他并没有听出其中附庸风雅、艳丽庸俗的意味，有点像俗气的豪华橱柜，现在这有些令他感到不安。当然音乐很辉煌，但有些沉闷；在中国他的双耳已经慢慢习惯了更加精致的复杂曲调以及不那么慢条斯理的和谐音。他已经听惯了意味深长，虚无缥缈和内心不安的音乐，粗暴而直截了当地呈现事实有点令他挑剔的趣味感到震惊。埃里克起身去把唱片翻面时，桑德斯医生瞥了一眼弗雷德，想看看这种感觉对他有什么影响。音乐是种奇怪的东西，它的力量似乎同人的其他感情没有关系，因此会有人即使在其他方面完全庸常，也可能会对音乐有极其微妙的敏锐感受。他现在开始感到弗雷德·布莱克并不像他一开始想象的那么平庸，他身上有某种东西，几乎未苏醒，他自己也没有察觉，好似在一堵石墙上自开自落的小花，可怜地寻求阳光，引起了旁人的同情和兴趣。但是弗雷德并没有听进去一个音符，他坐在那里凝视着窗外，对身边的一切无动于衷。热带短暂的黄昏转变为夜色，蓝天上已经有一两颗星星在闪烁，但是他并没有看星星，他似乎在望着某种思绪的深渊。他头上的灯盏在他脸上投下奇怪、清晰的轮廓，使他的脸看上去像一张你几乎难以辨认的面具。但是他的身

[①] 应该是指奥匈帝国指挥家汉斯·里希特（Hans Richter，1843—1916）。

体很放松,好似有种紧张感已经突然离去,他那褐色皮肤下的肌肉是松弛的,他感到了医生望着他的目光,嘴上绽开一个笑容,但却是痛苦的微笑,说来奇怪,那笑容很迷人,令人怜爱。他身边的啤酒动都没动。

"报上有什么消息?"医生问。

弗雷德突然满脸通红。

"没有,没有什么。他们的选举结束了。"

"哪里?"

"新南威尔士,工党当选了。"

"你是工党吗?"

弗雷德犹豫了一下,眼睛中出现了医生先前曾经见过一两次的警觉神情。

"我对政治不感兴趣,"他说,"我对它一无所知。"

"可以让我看看报纸吗?"

弗雷德从那堆报纸中拿了一份递给医生,但医生没有接。

"这是最新的吗?"

"不,这份才是最新的。"弗雷德说,手放在刚才正在读的那张报纸上。

"等你读完了,我也要看看。我不太想看过时的新闻。"

弗雷德犹豫了一会儿,医生目光坚定,微笑地看着他,显然弗雷德想不出什么像样的理由来拒绝这种非常自然的要求。他把报纸递给医生,桑德斯凑到灯光前去看。弗雷德没有拿起其他《新闻报》,尽管肯定还有他没有读过的,但他只是坐着假装在看桌子,医生感觉到他在用眼睛的余光密切地注视着他。无疑弗雷德在医生现在手上这份报纸里面读到了某种他极其关注的事情。桑德斯医生翻着报纸，有很多选举的新闻，有伦敦来信，还有若干来自欧洲和美国的电讯新闻，有许多本地消息。他翻到警界新闻。选举造成了一些混乱，法庭对之进行了处理。在纽卡斯尔有入门行窃案，有人因为保险作假而被判刑。还报道了两位汤加岛居民因纠纷而动刀的事件。尼克尔斯船长猜测弗雷德是因为杀人而被安排消失的，有两栏关于在蓝山的一个农庄发生的谋杀事件，但却是两兄弟和杀人者之间的纠纷，杀人者已经向警察自首了，说是自卫，再说这件事也是发生在弗雷德和尼克尔斯船长从悉尼启航之后。还有关于一位上吊自杀的妇女的调查报道，桑德斯医生一时间好奇是否这其中有什么名堂。《新闻报》是周报，带有文学倾向，它报道的方式不是概述，而是自然而然地采取了针对根据日报报道已经详细了解事实详情的公众的方式。似乎该妇女数周以前就被怀疑谋杀了丈夫，但是证据太少，不足以让当局对她采取行动。警察反复调查她，加上邻居的闲言碎语和丑闻，令她不堪重负。陪审团认为她是一时失去理智而自杀。关于这个案子，法医说她的死亡使得警察失去了揭开帕特里克·哈德逊被杀疑团的最后机会。医生又读了一遍这个报道，思索着；事情很蹊跷，但过于简单，不能告诉他什么。这位妇女四十二岁，似乎弗雷德这样年纪的男孩不大可能跟她有什么瓜葛，而且，毕竟尼克尔斯船长没有什么根据；纯粹是瞎猜；这小伙子是会计；他可能只是拿了不属于他的钱，或者，迫于手头拮据，伪造了一张支票。如果他同某个政治要员有关系，那就足以令人认为最好还是让他躲避一阵风头。桑德斯医生放下报纸,与紧盯着他看的弗雷德的目光相遇。他给了弗雷德一个令他放心的微笑。他的好奇心是不偏不倚的,他也不准备大费周折去满足好奇心。

"去旅店吃饭吗,弗雷德?"他问。

"本来想请你们俩留下来同我一起吃个便饭的,"丹麦人说,"但是我要上去跟弗里斯一起吃饭。"

"没事,我们就走。"

医生和弗雷德在黑暗的街上默默地走了几步。

"我不想吃饭,"小伙子突然说,"今晚我不想看到尼克尔斯。我去随便逛逛。"

医生还没来得及说什么,他就猛地转身,快步走开了。医生耸了耸肩,继续不慌不忙地走自己的路。

十八

晚饭前他正在旅店的游廊上喝一杯苦味杜松子酒,尼克尔斯船长来了。他已经洗刷一新,刮了胡须,穿一件卡其布便装,斜斜地戴着帽子,看上去很精神,令人想到一个绅士气派的海盗。

"今晚感觉好些了,"他边说边坐了下来,"说实话竟然还感到相当饿了。我觉得吃个鸡翅膀不会有啥问题的。弗雷德去哪了?"

"我不知道,他大概随便逛逛。"

"去找女孩了?难怪他,虽然不知道他在这样的地方能找到什么。有点冒险的,你知道吧。"

医生给他叫了一杯酒。

"我年轻时跟女孩子打交道的本领很少见的,我就是有办法,你知道吧。我犯的错误就是结婚,如果还能再来一次……我从来没告诉过你我老婆的事情,医生。"

"说得够多了。"医生说。

"那不可能,不可能够的,除非一直讲到明天早上。如果说有谁是魔鬼扮成人样,那就是我老婆了。你说说看,这样对待一个男人公平吗?我的消化不良就是她引起的;我对这一点毫无疑问,就像知道我现在坐着在跟你聊天一样。很丢人,就是这么回事。很奇怪我居然没有把她给杀了,我本来会的,但是我也知道每次我想动手,她都会说：'放下那把刀，船长。'我就只好放下了。你说说看，这正常么？然后她就会开始数落我。如果我想朝门边溜过去，她就会说：'不，你别走，等我把该说的话都说完，我什么时候说完了，会告诉你的。'"

他们一起吃饭，医生满怀同情心听着尼克尔斯船长诉说家庭的不幸，然后两人又一起坐到游廊上，抽着荷兰雪茄，就着咖啡喝荷兰烈酒。酒精使船长情绪缓和下来，他变得怀旧了。他告诉医生自己早年在新几内亚沿海和岛屿上的故事，说得津津有味，带着嘲讽的幽默语气。听他说话叫人很开心，因为他从来不会因为虚假的羞耻感而自我吹嘘一顿。他从来没想过如果有机会的话，有什么人会放过欺骗别人的机会。如果他成功地耍了个肮脏的诡计，那他的满足感就好似某个象棋比赛选手通过天才大胆的一着赢了一盘比赛。他是个无赖，但却是勇气十足的无赖。想到船长抵御风暴时的惊人自信，桑德斯医生觉得他的闲聊别有风味，不为他的有备无患、机智冷静所打动是不可能的。

然后医生找到了机会，问了那个一直在他嘴边的问题。

"你是否知道一个名叫帕特里克·哈德逊的家伙？"

"帕特里克·哈德逊？"

"他曾经是新几内亚的地方行政官，死了好几年了。"

"哦，真巧。不，我不认识他。悉尼有个家伙叫帕特里克·哈德逊，死得很蹊跷。"

"哦？"

"是，我们起航前不久的事情，报上全是。"

"他也许是我刚才提到的那个人的亲戚。"

"他是所谓外粗内秀的人。从前是铁路上的,他们说他一路靠本领升迁,后来从政,他是什么地方的成员,当然是工党。"

"后来怎样了?"

"嗯,是开枪的,用自己的枪,如果我记得不错的话。"

"自杀?"

"不,他们说他不可能自己办到。我当时正离开悉尼,知道的并不比你多。当时很轰动。"

"他结婚了吗?"

"结了,很多人认为是他老婆干的。他们没有任何证据,她去看电影,回家发现他躺在那里。有过打斗,家具全都翻倒了。我自己从来不认为是他老婆干的,根据我的经验,她们不会那样轻易放过你的。她们想让你跟她们活得一样长,不会就这么结束你的悲惨生涯,让自己少了乐趣。"

"但还是有很多女人谋杀了丈夫。"医生表示不同意。

"那是纯粹的意外。我们都知道最井井有条的家里也会发生事故,有时候她们不小心搞得过分了,结果那个可怜的混蛋死了。但那不是她们的本意,她们不会的。"

十九

桑德斯医生很幸运,尽管他有几个可悲的习惯,在世界上有些地方肯定会被认为是罪恶(真相出了阿尔卑斯山,就是谬误[①]),但他早晨醒来总是口舌清爽,心情愉快。他在床上伸个懒腰,喝杯中国香茶,抽第一支美味香烟,对这一天充满期待。在荷兰东印度群岛各地的小旅店里,早饭时间总是很早,内容从无变化:木瓜、炒鸡蛋、冷肉、红波奶酪。无论你多么守时,鸡蛋总是冷冰冰地看着你,薄薄一层蛋白上两个圆圆的黄色大眼睛,仿佛从一个邪恶的怪物脸上直接挖下来的。咖啡是咖啡精,你自己加上已经用热水调到浓度恰好的雀巢炼乳。面包片干巴巴黏糊糊的,烤得焦黄。坎达岛上旅店餐厅里的早饭也是这样,沉默无语的荷兰人匆匆吃完还要去上班。

但是桑德斯医生第二天早上起得晚,阿凯把他的早饭端到游廊上。他享受着木瓜,享受着刚出锅的煎鸡蛋,享受着香茶,觉得活在世上真是一件非常快乐的事情。他一无所求,不羡慕任何人,也没有什么遗憾。早晨空气还很清新,晨光熹微中所有东西的轮廓都很清楚。露台下一棵巨大的香蕉树在炎热的阳光下倨傲地炫耀着它那繁茂的枝叶。桑德斯不由得像个哲学家那样思考起来:他说生命的价值不在激动人心的时刻,而在期间宁静的时光,此时无忧无虑的人类精神在宁静中不受往日情绪的支配,能够像菩萨打量自己的肚脐那样冷静超然地观照自身。在蛋上撒很多胡椒、很多盐和一点点伍斯特酱,吃完了再用一片面包抹干净剩下的奶油汤汁,这是最好的一口。他正一心一意吃着,弗雷德·布莱克和埃里克·克里斯特森从街上逛了过来。他们跳上台阶,一屁股坐在医生桌旁的椅子上。他们黎明前就出发去火山口,现在饿极了。仆役赶紧端出木瓜和一盘冷肉,他还没端来鸡蛋,他们就吃完了。他俩情绪高昂,青春的热情使前一天的相识成熟转化为友谊,他们互称弗雷德和埃里克。攀登的山路很陡,剧烈的运动使他们激动不已。他们胡扯一气,无缘无故地乱笑一顿,看上去好似两个小男孩。医生从未见过弗雷德如此高兴,他显然相当喜欢埃里克。同只比自己大一点的人做伴,他放松了下来,仿佛重新青春绽放。他看上去那么年轻,你几乎难以相信他是个成年人,他低沉回荡的声音听上去几乎有喜剧效果。

"你知道吧,他像头牛那么强壮,这笨蛋,"他说,赞赏地看了一眼埃里克,"我们爬山有点吃力,一根树枝折断,我摔了一跤,差点狠狠地翻个筋斗,摔断腿什么的。埃里克一只手就抓住了我,我压根不知道他怎么做到的,他一把抓起我,让我再次站稳了。我体重一百五十多磅呢。"

"我一直很健壮。"埃里克笑着说。

"把手放上来。"

---

① 原文为法语:vérité au delá des Alpes, erreur ici。

他把手肘放在桌上,埃里克照样做了。他们掌心对掌心,弗雷德试图压下埃里克的手臂,但他使出全身的力气都动不了,然后丹麦人微笑着往回压,慢慢地弗雷德的手臂被压到了桌上。

"在你身边我就像个小孩子,"他大笑着,"天哪,如果你动手的话,别人没多大机会。打过架么?"

"没有,为什么要打架?"

他吃完饭,点着一支雪茄。

"我要去办公室了,"他说,"弗里斯说,你们今天下午都来好吗?他想要我们同他一起吃晚饭。"

"我没问题。"医生说。

"船长也一起来,我四点钟来接你们。"

弗雷德看着他离开。

"十足的傻瓜,"他说,转向医生,微笑着,"我觉得他有点不大对头。"

"哦,为什么?"

"他说话的方式。"

"他说什么?"

"噢,我不知道,疯话。他问我莎士比亚,我哪知道什么莎士比亚。我告诉他中学读过《亨利五世》(学了一个学期),他就开始背诵一段演讲,然后又开始谈论《哈姆雷特》和《奥赛罗》,还有天知道什么。他记得住一大堆。我没法告诉你他说的所有的话,我从来没听过任何人这样说话。好笑的是,尽管全是胡说八道,你却不想让他闭嘴。"

他坦率的蓝眼睛里闪烁着微笑,但表情却是严肃的。

"你从来没去过悉尼,对吧?"

"没有。"

"我们在那里有很像样的文学艺术团体,虽然不大对我的胃口,但我有时还是不由自主地会去,主要是因为女人,你知道的。她们尽瞎扯些关于书的事情,然后,你都还不知道自己在哪里,她们就想跟你上床了。"

"附庸风雅的人往往用的力道太大,不怎么好看,"医生说道,"看见个钉子,就一锤子砸上去。"

"你会越来越不相信他们。但是我不知道具体该怎么解释,埃里克谈论这些的时候,就不一样。他不是炫耀,也不是想要在我面前嘚瑟。他就是这样说话的,不由自主,也不在乎我是否厌烦。他兴致那么高,也许从来没想到过我根本不感兴趣。他说的话我有一半不懂,但是不知道为什么,那就好像演戏一样有趣,如果你明白我的意思。"

弗雷德直截了当地说出他的意见,就好像你为了种花养草在花园里挖出石头,再一块块扔在石堆上。他困惑地死命搔着头,桑德斯医生冷静敏锐的眼睛注视着他,这小伙子找不出词来形容,在他混乱的话中发现他想要用语言来表达的情感,这很叫人开心。批评家把作家分为两种:一种有话说但不知道该如何说,另一种知道如何说但却无话可说。普通人也常常如此,盎格鲁-撒克逊人更是永远找不到合适的词。如果一个人说话很流畅,有时是因为他已经说过很多遍了,说的事情已经没有什么意义,只有当他尝试把没有头绪的想法费力地变成话语时,那才最有意思。

弗雷德调皮地看了医生一眼,看上去像个恶作剧的孩子。

"你知道吧,他把《奥赛罗》借给我了。我不大知道为什么,但是我说我可以读读,你读过的,对吧?"

"三十年前了。"

"当然我也许搞错了,但是埃里克那么大段大段地背诵,听上去叫人很激动。我不知道究竟怎么回事,但是同那样一个家伙在一起,一切都好像变了样。我敢说他有点疯狂,但还是希望有更多的人像他。"

"你很喜欢他,是吧?"

"嗯,情不自禁啊,"弗雷德说,突然感到一阵羞怯,"只有十足的傻瓜才会看不出来他这人非常诚实,我会把自己所有的钱都交给他看管。他不会亏待任何人的。你知道吧,好笑的是,虽然他这么一大个子,像头牛一样健壮,你却有点觉得想要照顾他。我知道这听上去有点傻,但你就是不由自主地觉得不能让他自己一个人就这么过,必须有人看着不让他惹上麻烦。"

感情超然、愤世嫉俗的医生在自己心里把这澳大利亚年轻人笨拙的话翻译出来。这样的情感如此羞怯笨拙地挣扎着竭力想要自我表达,令他惊讶和略微感动。小伙子的陈词滥调表明他已经意识到有相当惊人的事情,因仰慕而感触良深。动作笨拙的大个子丹麦人行为怪异,道地的真诚使理想主义具有实质性,洋溢的热情具有诱惑力,因而纯粹的善意闪耀着温暖普照的亮光。弗雷德正值青春年华,不可思议地看到了这一点,他既赞叹又困惑,既感动又非常羞怯。这动摇了他的自信,此刻,这位相当普通的英俊小伙子意识到了某种他从来没有想象过的东西,那就是精神之美。

"谁会想到有这种可能呢?"医生思索着。

当然,他自己对埃里克·克里斯特森的感情更加超然。医生对他感兴趣,是因为他有点与众不同。毕竟在马来群岛的某个岛上邂逅一位熟知莎士比亚并且可以大段背诵的商人,是很有趣的,医生不得不认为这是件很花力气的成就,他漫不经心地想着不知埃里克是否是一位好商人。他不怎么喜欢理想主义者,在这平凡的世界上,要让他们将一生的追求同生活的真实需求妥协,不是件容易的事情,而看见他们往往既能够心怀崇高的理念,又精明地不会放过大好机会,则又令人惆怅。医生常常因此觉得好笑,他们往往瞧不起那些从事实际工作的人,但却并不在乎从这些人的事业中获利。他们像田野百合那样,既不耕田也不织布,但却理所当然地认为别人应该为他们从事这些体力劳动。

"我们今天下午要去拜访的这位朋友弗里斯是什么人?"医生问。

"他有个庄园,种植豆蔻和丁香,是个鳏夫,同他女儿住在一起。"

二十

弗里斯的房子大概在三英里之外,他们开一辆旧福特车去。路两旁密集地长着巨大的树木,树下是茂盛的蕨类和爬藤类植物。森林从城边上开始,不时可见悲惨破烂的茅屋,破衣烂衫的马来人东一个西一个躺在游廊上,无精打采的孩子在屋脚下的猪群里玩耍。天气潮湿闷热。这地方原来属于一位荷兰移民,有灰泥门道,气势宏伟但已经破败,设计风格赏心悦目。拱门上方一块石板上刻着过去那位居民的名字和建造拱门的日期。他们在高低不平坑坑洼洼的车道上颠簸,终于到达一幢平房。这是没有吊脚的四方形大房屋,房基石块堆砌,屋顶盖着茅草,围绕着无人打理的花园。他们把车开到屋前,马来司机拼命按着喇叭,从屋里出来一个人向他们挥手,是弗里斯,他站在从游廊延伸下来的台阶上面等他们,他们走上去,埃里克做了介绍,弗里斯同他们一个个握手。

"很高兴见到你们,有一年没见过英国人了。进来喝一杯。"

他是个大高个,但很胖,灰色头发,灰色小胡子。他开始秃头了,前额显得很突出,红红的脸上汗水亮晶晶的,所以第一眼看上去像个小伙子。他嘴中间有颗长长的黄牙松松地挂着,让你觉得使劲一扯就会掉下来。他穿着卡其布短裤,网球衫领口敞开,走起路来有点明显的瘸腿。他领他们进了一个很大的房间,既是客厅又是餐厅,墙上装饰着马来人的武器、鹿角和野牛角。地上铺着老虎皮,看上去有点发霉和虫蛀了。

他们进去后,一个小老头从椅子上起身,但没有向他们迈一步,只是站着看他们。他满脸皱纹,腰也弯着,饱经风霜的样子,似乎很老了。

"这是斯旺,"弗里斯说,随便点了点头,"他算是我的岳父吧。"

小老头有着颜色非常淡的蓝眼睛,没有睫毛的眼皮红红的,但眼神却非常狡猾敏捷,像猴子一样会恶作剧。他一言不发地同三位来客握手,然后张开无牙的嘴,用一种其他人不懂的语言同埃里克打招呼。

"斯旺先生是瑞典人。"埃里克解释说。

老头一个个打量着他们,他的注视带着一些怀疑,同时几乎不加掩饰地略带嘲讽。

"我五十年前就来了,当时我是一条船上的大副,从来没有回去过,也许明年会回去。"

"我自己也是航海的人,先生。"尼克尔斯船长说。

但是斯旺先生对他没有半点兴趣。

"我年轻时几乎什么都干过,"他继续说,"我曾经做过贩奴船只上的船长。"

"买卖黑人,"尼克尔斯船长插嘴说,"早年靠这种方式可以弄不少钱。"

"我当过铁匠,做过生意,做过种植园主,不知道还有什么没做过。他们总是想要杀了我,我胸部得过疝气,真的,那是在所罗门群岛跟土著打架引起的。他们让我去死,真的。我年轻时很有钱,对吧,乔治?"

"我一直这么听说。"

"被一场大飓风毁了,真的。毁了我的店铺,失去了一切。我不在乎,现在一无所有,只剩下这个种植园了。也没什么关系,足够让我们活下去,这才是最要紧的。我有过四个老婆,孩子多到数不清。"

他说话破嗓门,声音很大,带着浓重的瑞典口音,你必须很专注才能弄明白他的意思。他语速非常快,几乎像是在背诵课文,说完之后是一阵老年人的笑声,似乎在说他什么都经历过了,全是垃圾和废话。他远远地观察着人类及其活动,但不是从奥林匹斯高山上,而是躲在一棵树后面,狡猾地,并且津津有味地倒换着双脚。

一个马来人拿来一瓶威士忌酒和一个吸管,弗里斯把酒倒出来。

"喝点威士忌,斯旺?"他问老头。

"你为什么问我这个,乔治?"他声音颤抖地说,"你知道得非常清楚我无法忍受它。给我一些朗姆酒和水。威士忌毁了太平洋诸岛。我刚从瑞典来的时候,没人喝威士忌,只喝朗姆酒。如果他们只喝朗姆酒,只管航海的话,事情不会是现在这个样子,压根不可能。"

"我们来的路上碰见了相当糟糕的天气。"尼克尔斯船长说,有点像同一个航海同行那样说话的意思。

"糟糕的天气?这年头没什么糟糕的天气。你该看看我还是个小伙子时的天气才是。我记得有次驾一艘帆船从新赫布里底群岛送一些劳动力去萨摩亚岛,结果碰上了飓风。我告诉那些野蛮人赶紧跳上船,然后我就开到海上去,三天三夜没合眼。帆没了,主桅杆没了,小划艇也没了。别跟我说什么糟糕的天气,年轻人。"

"不想冒犯您。"尼克尔斯船长说,一笑露出了满嘴破碎的烂牙。

"没冒犯,"老斯旺嘿嘿笑了,"给他尝一点朗姆酒,乔治。如果他是个水手,就不会想要你那个臭烘烘的威士忌。"

接着埃里克建议客人们去种植庄园上走一走。

"他们从来没到过一个豆蔻种植园。"

"带他们去吧,乔治。有二十七公顷,是岛上最好的一块地,"老头说,"三十年前用一包珍珠买下来的。"

他们站起身,留下他像一只奇怪的秃鸟俯身在他那杯朗姆酒掺水上面,大家走出了花园。花园的尽头处就是种植园。凉爽的夜晚空气清新,加纳利树极其高大丰茂,树荫里繁茂地生长着经济作物豆蔻树。加纳利树就像《一千零一夜》里清真寺的柱子那样高耸,树下没有纠结的杂草,只满满覆盖着一层枯叶。你听见大鸽子的咕咕声,看见它们扑腾着沉重的翅膀。成群的绿色小鹦鹉快速地在豆蔻树中穿梭,吱吱叫着,就像活动的珠宝一样在柔和光亮的空气中飞来飞去。桑德斯医生感到心旷神怡,觉得自己就像脱离身体的精神,充满愉快但又不令人疲倦的想象力,脑海中交错出现一幅幅画面。他跟弗里斯和船长走在一起,弗里斯在讲解着豆蔻贸易的详情,他没有听。空气中有种几乎可以触及的懒洋洋的感觉,令你想到一种柔软厚实的布料。埃里克和弗雷德落在后面一步。夕阳逗留在高大的加纳利树枝中,照耀在豆蔻树上,豆蔻树那绿色的枝叶浓密茂盛,在阳光中像擦亮的黄铜那样闪闪发光。

他们在一条蜿蜒的路上走着,这是人们天长日久走出来的一条路,然后突然看见一位女孩朝他们走来。她低垂着眼睛,似乎在想心事,直到听到有人的声音才抬起头来,停下了脚步。

"这是我女儿。"弗里斯说。

你可能会觉得她只是看见陌生人就暂时尴尬地停下脚步;但是她并没有继续前进,她站着一动不动,以独特的镇静看着这几位男人朝她走来;然后你得到的印象并不完全是她很有自信,但却是无所谓的漫不经心。她身上只穿着一件爪哇人那种褐色底子小白花纹的扎染纱笼,紧紧地系在乳房上面,垂到膝盖。她光着脚,除了嘴唇上挂着的一点微笑之外,唯一表明她注意到了陌生人的迹象是微微的几乎难以察觉地摇摇头松开了头发,一只手本能地穿了过去。头发很长,垂在背上,像云雾一样散开在颈脖子和肩膀上,非常厚实,呈现极淡的灰金色,如果不是闪闪发光的话,就几乎是白色的了。她镇定自若地等着,紧紧裹在身上的纱笼完美地勾勒出身材;她非常苗条,像男孩一样窄臀、长腿,乍一看个子挺高。她的皮肤晒成了浓蜜色。医生通常并不为女性之美所动;他会不由自主地想到女人的外形如何用于显而易见的生理目的,无关乎美的魅力。就如同一张桌子应该结实、高矮合适、宽大,一个女人也应该丰乳宽臀;在这两种情况下,美都只不过是实用的附属品。你也可以说一张结实、宽大、高矮合适的桌子很美,但是医生更愿意说它结实、宽大、高矮合适。这位女孩站在那里,美得随意,令他想到了在某个博物馆见过的手拢着衣衫的女神;他记不清楚细节,大概是"希罗"时代的。她有着广东花船上中国小女孩那种难以琢磨的苗条身材,他年轻一点的时候曾经在她们的陪同下度过一些漫不经心的休闲时光。她有着同样的花朵一般的优雅,她白皙的皮肤在热带的背景中有种异域风情,别具一格,令他想到了白花丹那满树柔弱淡雅的花朵。

"他们是克里斯特森的朋友。"他们走上前来时她父亲说。

她没有伸出手来,只是当医生和尼克尔斯船长被一一介绍给她时,优雅地微微颔首。她冷静地打量了两人一眼,目光中既有询问也有迅速的估量,桑德斯医生注意到她褐色的双手又细又长,双眼是蓝色的。她有着非常精致端正的面容,是位极其漂亮的年轻女子。

"我刚在水潭里洗了澡。"她说。

她的目光移动到埃里克那里,给了他一个非常甜美友好的笑容。

"这位是弗雷德·布莱克。"他说。

她微微转头看他,目光在他身上停留了一段时间,然后嘴唇上的笑容消失了。

"很高兴认识你。"弗雷德说,伸出手来。

她继续看着他,既非无礼也非放肆,只是仿佛有点吃惊的样子。你可能会觉得她曾经见过他,正在竭力回想在什么地方见过,但这不过是一分钟之内的事情,没有谁注意到停顿,她就握住了伸出来的手。

"我正要回屋里去换衣服。"她说。

"我同你去。"埃里克说。

等他站在她身边时,你可以看出来她其实并不很高;只是因为四肢修长,身材苗条,加上举止,才令人感到她比一般人高一点。

他们一起走回房子。

"那个小伙子是谁?"她问。

"我不知道,"埃里克说,"他是那个灰头发瘦子的合作伙伴,他们在寻找珍珠贝,想找到新的生长地带。"

"他很好看。"

"我知道你会喜欢他的,他脾气也好。"

其他人继续参观种植园。

二十一

他们进屋时,看见埃里克单独同斯旺在一起。老头正在讲一个没完没了的故事,说的是一种奇怪的瑞典语和英语混合语言,内容有关在新几内亚的某次冒险。

"路易丝去哪了?"弗里斯问。

"我刚才帮她布置餐桌,她先前在厨房里忙,这会儿去换衣服了。"

他们坐下来又喝了一杯,像彼此不怎么熟悉的人那样有一句没一句地聊着。斯旺老头累了,客人来到时,他沉默了,但他那双精明浑浊的眼睛却在观察着他们,仿佛他们令他充满怀疑。尼克尔斯船长告诉弗里斯他深受消化不良之苦。

"我从来不知道肚子痛是什么滋味,"弗里斯说,"我的问题是风湿病。"

"我也认识患风湿病的人。布里斯班有个朋友是我们这一行最佳领航员之一,就因为风湿病瘸了腿。走动必须靠拐杖了。"

"总会有点什么毛病的。"弗里斯说。

"但没有什么比消化不良更糟糕的了,相信我的话吧。如果不是消化不良的话,我现在就是个富翁了。"

"金钱不是万能的。"弗里斯说。

"我没说是万能的,我的意思是说如果不是消化不良的话,我现在就是个富翁。"

"钱对我从来没什么意义,我只要头上有片屋顶,一日有三餐就满足了。悠闲最重要。"

桑德斯医生听着他们的谈话。他不大琢磨得出弗里斯的路数,他听上去像个受过教育的人,虽然又胖又脏,穿着寒酸,胡子拉碴好久没刮,但他给予人的印象是,虽然谈不上富贵,但至少习惯和体面的阶层来往。他肯定不属于老斯旺和尼克尔斯船长的阶层,他举止悠闲,彬彬有礼地欢迎他们,不像没教养的人那样认为对待陌生客人就必须拿出十足的礼貌劲头,而是自然而然,似乎熟知为人处世之道。桑德斯医生猜想这大概就是在他年轻时的英国,人们所谓的绅士派头。他很好奇他是如何跑到这个遥远的小岛上来的。他从椅子上起身,在房间里踱步。一个长书柜上方的墙上挂着一些装在镜框里的照片,他惊讶地发现居然是某剑桥学院八人划船队员的照片,虽然只是根据照片下的名字"G. P. 弗里斯"他才辨认出他这位主人;其他照片是一群群土著男孩,在马来的霹雳州、沙捞越的古晋,弗里斯坐在他们中间,那时比现在年轻多了,似乎他离开剑桥之后就来东方做了小学校长。书架上乱堆着书,全都遭到潮湿气候和白蚁的侵蚀。他懒洋洋不无好奇地一本本拿出来翻看。有几张带皮封面的奖状,他从中得知弗里斯曾经就职于一个小点的公立学校,也曾经是个勤奋有为的小伙子。有他在剑桥用过的课本,许多小说,还有几卷诗歌,给人的印象是有人经常读,但却是很久以前的事情了。书翻得很烂,许多书页上用铅笔做了标记或者划了线,但是有股霉味,仿佛好多年没有打开过了。但是令他惊讶的是看见有两排架子上放满了印度宗教和印度哲学著作,有《梨俱吠陀》和部分《奥义书》译本,还有加尔各答或者孟买出版的平装书,作者名字在他看来奇奇怪怪,书名听上去也有些神秘。在远东一位种植园主家里发现这样一些藏书有些不寻常,桑德斯医生想要从中琢磨出一些什么,思忖着这到底是个什么样的人。他翻着一本某位斯里尼瓦瑟·艾扬格①写的叫作《印度历史大纲》的书,弗里斯一瘸一拐地走到他身边。

"在看我的藏书吗?"

"是。"

他看了一眼医生拿在手里的书。

"有意思,这些印度人,很了不起;对哲学有种天然的本能,让我们所有的哲学家看上去都肤浅而不值钱。他们的微妙之处令人叫绝,普罗提诺②是我知道的唯一可以同他们匹敌的人。"他把书放回书架上,"当然,婆罗门是唯一可以让有点理智的人不用怀疑就接受的宗教。"

医生偷偷瞥了他一眼。他长着圆圆的红脸庞,一颗长长的黄牙松松地挂在嘴中间,又秃了顶,真是一点看不出来有任何精神方面的追求。听他这样谈天令人吃惊。

"想到宇宙,还有那些无以计数的世界和辽阔无垠的星际空间,我无法将其归于一位创世者的功劳,否则我就还会要问究竟是谁或

---

① P. T. Srinivasa Iyengar(1863—1931),印度历史学家、语言学家和教育家,著有关于南印度的历史书籍。
② Plotinus(约204—270),出生于埃及,新柏拉图学派哲学家。

什么创造了创世者。但是吠檀多哲学则告诉我们一开始就有存在，否则存在如何能生于不存在？这个存在就是自我①，至高无上的精神，从中发散出幻影②，那是现象世界的幻象。如果你问东方那些智者为何至高无上的精神会生出泽中幻象，他们就会告诉你说是为了好玩。因为完美，他不可能受到目的或者动机的驱使。目的和动机意味着欲望，完美的他既不需要改变也不需要增添什么，因此永恒精神的活动没有目的，只是像王子那样顽皮或者小孩那样玩耍，发自内心，意气飞扬。他在世界上玩耍，在心灵上玩耍。"

"这样解释某些并不完全让我不喜欢的事情倒也不错，"医生嘟囔着，笑了笑，"有种无事忙的感觉，倒是有些嘲讽意味。"

但他有些警觉和怀疑。他意识到如果弗里斯的相貌更像个苦行者，他那张脸如果不是流淌着汗水，而是闪烁着因为思考而困恼的光芒，那他可能会在弗里斯的话里找出更多涵义。但是一个人的外貌能代表他的内心吗？学者或者圣人的相貌也许会装饰庸俗小气的灵魂。苏格拉底鼻子扁平、眼睛突出、厚嘴唇、大肚皮，看上去像林神西勒诺斯，然而却有着令人敬佩的素质和智慧。

弗里斯轻轻叹息了一声。

"我有段时间对瑜伽着迷，然而它毕竟不过是数论的一个分支，它的唯物主义是不讲道理的，那些感官的禁欲克制全都是空虚，目的是完美地了解灵魂的本性，但是冷漠、抽象和僵硬的姿势并不能使你达到那个境界，正如礼仪和仪式无法达到一样。我有一大堆笔

---

① 此处用词是 Atman。
② 此处用词是 Maya。

记,等有时间我要来整理一下这些资料,写本书,我想了二十年了。"

"我还以为你在这里有大把时间呢。"医生干巴巴地说。

"事情太多了时间不够。最近四年我一直在以诗体形式翻译《卢济塔尼亚人之歌》①,贾梅士的作品,你知道的。我可以给你读一两章。这里没有谁有任何批评的眼光,克里斯特森是丹麦人,我信不过他的语感。"

"但从前难道没人翻译过吗?"

"当然,例如伯顿②,可怜的伯顿不是诗人,他的译文简直叫人难以忍受。每一代都必须为自己这代人翻译世界上的杰作。我的目的不仅是翻译意思,还想要保留原作的韵律、乐感和抒情意味。"

"你是怎么想到的?"

"这是最后一部伟大的史诗。毕竟我关于《梨俱吠陀》的书只能指望非常特别的小众喜欢,我觉得有责任为我的女儿做一件更加普遍受欢迎的事情。我一无所有,这个种植园是老斯旺的。我翻译的《卢济塔尼亚人之歌》就是她的嫁妆,我会把因此挣到的每一分钱都给她。但这还不够;金钱并不重要,我想要她为我感到骄傲;我认为我的名字不会轻易被人忘记:我的名声也将成为她的嫁妆。"

桑德斯医生没有吭气,他觉得很妙,这个人居然会希望通过翻译一部葡萄牙诗歌来名利双收,虽然想要读它的人可能一百个都不到。他宽容地耸了耸肩。

---

① *The Lusiads*,葡萄牙诗人贾梅士(Luís Vaz de Camões,约 1524/5—1580)的长篇史诗,叙述葡萄牙建国史。
② 理查德·弗朗西斯·伯顿(Richard Francis Burton,1821—1890),英国军官、探险家、翻译家。

"事物的发展是很奇怪的，"弗里斯继续说道，脸色凝重严肃，"我很难相信是纯粹出于偶然才开始这项工作的。你当然知道，贾梅士既是雇佣兵也是诗人，到了这个岛上，他肯定经常从要塞上眺望大海，就像我经常眺望一样。我为什么会到这里来呢？我是一位中小学校长。我离开剑桥后，有机会到东方来，就立刻抓住了机会。我从孩童时代起就向往东方。但是学校的日常工作太烦琐，我也不能忍受平时必须打交道的人。我先在马来联邦，后来觉得应该试试婆罗洲，但是也好不到哪里去。最后我再也无法忍受，就辞职了。有段时间我在加尔各答当个职员，然后在新加坡开了家书店，但挣不到钱。我在巴厘岛开过一家旅店，但时间太早了些，结果入不敷出。最后我游荡到了这里。很奇怪我妻子居然名叫凯瑟琳，因为那也是贾梅士唯一爱过的女人的名字。他就是为了她才写下那些美妙的抒情诗篇。当然，在我看来，如果说有什么毫无疑问得到证实的话，那似乎就只有印度人称之为轮回的转世学说了。有时我会自问，形成贾梅士精神的星星火花是否就是现在形成我精神的同样的火花呢？我读《卢济塔尼亚人之歌》时经常会读到某一行，似乎非常清晰地记得，几乎不相信是第一次才读到它。你知道佩德罗·德·阿尔卡索瓦[①]曾经说过，《卢济塔尼亚人之歌》只有一个缺点，那就是不够短，难以背诵，但却又没有长到无尽头。"

他不屑地笑了笑，好像受到过分恭维的人那样。

"啊，路易丝来了，"他说，"看上去晚饭差不多好了。"

[①] Pedro de Alcaçova，十六世纪葡萄牙耶稣会士。

桑德斯医生转头去看她。她穿了一件绿色的丝质纱笼，上面用金线织着精致的花纹，灿烂夺目。这是爪哇人的服饰，是日惹的苏丹后宫女子们在盛大节日时穿的，像刀鞘护刀一样贴着她苗条的身材，紧紧裹着她年轻的乳房，紧紧裹着她的窄臀。她裸露着胸脯和腿，脚上穿着绿色的高跟鞋，使她增添了优雅的姿态。她那亮闪闪的金灰色头发高高盘在头上，但是样式简单，那件绿色和金色斑斓交织的纱笼越发衬出她一头令人赞叹的金发。她的美摄魂夺魄。纱笼曾经放在香熏过的地方，或者她自己香熏过；她走到身边来时，他们闻到了淡淡的不知名香水的味道。香味懒洋洋若有若无，令人遐想那可能是岛上某位王公宫殿里的秘密配方制作。

"穿上这件惹眼的衣服是为什么？"弗里斯问，淡色的眼睛里含着笑容，那颗长牙晃动了一下。

"是那天埃里克送给我的，我觉得今天正好有机会穿它。"

她对丹麦人友好地微笑着再次感谢他。

"是老货，"弗里斯说，"肯定花了你不少的钱，克里斯特森。你会宠坏这孩子的。"

"是别人拿来抵债的。我没法不收下，我知道路易丝喜欢绿颜色。"

一位马来仆人端来一大碗汤，放在桌上。

"你能否让桑德斯医生坐你右边，路易丝，尼克尔斯船长坐左边？"弗里斯郑重其事地说。

"她为什么要去坐在那两个老家伙中间？"老斯旺突然沙哑着声音说，"让她坐在埃里克和那小伙子中间。"

"我看不出有何理由不遵守礼仪社会的规矩。"弗里斯非常庄重地说。

"想炫耀一下吗?"

"那么,你愿意坐在我身边吗,医生?"弗里斯说,没有搭理他。"或许尼克尔斯船长不介意坐我左边。"老斯旺样子可笑地一弓身,就坐到了显然是他习惯坐的位子上。弗里斯舀出汤来。

"我觉得他们看上去像一对坏蛋,"小老头说,迅速地看了医生和尼克尔斯一眼,"你从哪里找到他们的,埃里克?"

"你一身酒味,斯旺先生。"弗里斯说着,严肃地递给他一盘汤让他传下去。

"我不会生气的,"尼克尔斯船长很大度地说,"我情愿有人说我看上去像坏蛋,而不是像傻瓜。我相信医生也同意我的意见。当一个人说你是个坏蛋时,他是什么意思? 嗯,他的意思是你比他聪明,就这么回事;你们觉得我说得对吗?"

"我一眼就看得出谁是坏蛋,"老斯旺说,"我这辈子见得太多了,不可能看不出来。我自己有时也有点坏蛋。"

他咯咯地笑了一声。

"谁不是呢?"尼克尔斯船长说,擦了擦嘴,他喝汤时动作有点邋遢,"我总是说,你必须实事求是地对待世界,妥协,就这么回事。随便问谁都知道是什么让大英帝国走到今天的,就是妥协。"

弗里斯灵活地动了动下嘴唇,把小胡子上沾着的汤汁舔掉了。

"这是性情问题,我觉得。我从来不喜欢妥协,我有其他麻烦要对付。"

"我打赌别人会替你代劳的,"老斯旺说,露出老家伙那种幸灾乐祸的笑容,"懒到骨头里,这就是你,乔治。你这辈子做过十几种工作,就没一样守得住的。"

弗里斯好脾气地对桑德斯医生笑了笑,仿佛心照不宣地说,居然会有人这样指责一位花了二十年时间致力于研究印度高度形而上学思想的人,而且此人身上还很有可能住着一位葡萄牙名诗人的灵魂。

"我一生都在寻求真理,真理无法妥协。欧洲人会问真理有什么用处,但对于印度思想家而言,真理不是手段而是目的,真理是生活的目标。多年前我有时会十分想念我离开的那个世界,我就去荷兰人俱乐部看看带插图的报纸,看到伦敦的照片时会心痛。但是现在我明白只有隐士才能完美享受城市的文明生活,最终我才意识到是我们这些被生活放逐的人才从生活中获得最多价值,因为知识之路是真正的道路,这条道路经过每一个人的门前。"

但是此时在他面前放下了三只鸡,是东方那种骨瘦如柴寡淡无味的鸡,他从椅子上起身,抓了一把切肉刀。

"啊,主人的责任和礼仪。"他快活地说。

老斯旺一直沉默地坐着,像个侏儒一样驼着背。他贪婪地喝着汤,突然,他开始说话了,破嗓子声音尖细。

"我在新几内亚住了七年,真的。我会说新几内亚所有的语言。你去莫尔斯比港打听一下杰克·斯旺看,他们都记得我,我是第一个穿行那个岛的白人,后来还有摩顿,没带武器,只带着根手杖,但是他有警察跟着。我是完全自己一个人,大家都以为我死定了,等我走到镇上,他们都以为我是鬼魂,我们去打天堂鸟来着,我和大副,他是个新西兰人,曾经是银行经理,惹了点麻烦,我们有自己的快艇,从马老奇沿着海岸一直航行,打了很多鸟,当时值很多钱。我们同当地人关系很好,时常给他们一点酒和烟草。有天我一个人出去打鸟,准备回到快艇上去,正想喊大副一声,让他用小划艇来接我,结果看见船上有些当地人,我们从来不让他们上船的,我觉得有哪里不对头,就赶紧藏起来,躲在那里看着。我一点不喜欢那样子,我悄悄地走过去,看见小划艇停在海滩上。我以为大副上岸了,有些当地人自己游到快艇那里。我半点也不会相信他们。然后我绊到了什么东西,天哪,让我吓了一大跳。你知道是什么吗?是大副的尸体,头砍掉了,背上伤口冒出很多血。我没有再仔细看,我知道如果他们逮住我的话,我就会是一样的下场。他们在快艇上等我,肯定是这样的。我必须离开,我必须赶紧离开。在那岛上穿行有些罕见的经历。我经历过的那些事情!你可以写一本书了。有个老家伙是一个大村子里的酋长,很喜欢我,想要收养我,给我几个老婆,说他死了以后我就是酋长。我年轻时手很巧,因为当过水手什么的。我知道很多事情,没有什么是我干不了的。我在那里待了三个月,如果我年轻时不是个傻瓜的话,就会一直留在那里了。他是有权有势的酋长,我本来可以像个国王那样,有可能的。食人岛上的国王。"

他说完后尖声咯咯笑了一下,又沉默无语了;但这是一种奇怪的沉默方式,因为他似乎注意到身边发生的一切事情,但却又独自活在自己的世界里。突然爆发的回忆跟大家正在说的话没任何关系,有种自动的效果,好似一台机器被无形的钟表控制,时不时不可思议地迸射出一阵滔滔不绝的话语。桑德斯医生对弗里斯有点感到困惑,他说的话有时候并非没有意义;的确,有时还令医生深有感触;但是他的举止和外貌首先就会让你带着戒备心听他说话。他看上去很真诚,他的态度甚至有些高贵,但是他身上有种东西令医生感到不安。这两个人有点奇怪,老斯旺和弗里斯,一位是行动的人,一位是毕生致力于思考的人,居然都会最终落脚在这个地方,这个与世隔绝的小岛上。似乎无论如何最终结果都是一样的。所有冒险家历险事业的目的,也同哲学家高蹈思想的结局一样,都是得到舒适和尊重。

弗里斯心满意足地把三只鸡分给七个人,再次坐下,自己取了煮土豆。

"我总是受到婆罗门思想的吸引,他们认为一个人应该在年轻时致力于研究学习,"他说,转向桑德斯医生,"成熟时致力于持家的责任和礼仪,老年时致力于'绝对的'抽象思维和沉思。"

他看了一眼老斯旺,他缩在椅子上,费力地咬着一只鸡腿,然后又看看路易丝。

"过不了多久我就可以从成年人的责任中解脱出来了,然后我就会带着我的东西去世界上漫游,寻找不为人所理解的知识。"

医生的目光追随着弗里斯的目光,然后在路易丝身上停留了一会儿。她坐在桌子一端的两位年轻人中间。往常沉默无语的弗雷德此刻喋喋不休,他脸上不再有平时静默无言时那种阴郁神色,看上去坦率、无忧无虑,像个孩子。他说话时眉飞色舞,想要取悦别人的愿望给他的双眼涂上了一层柔和诱人的光彩。桑德斯医生笑着注意到他有着动人的魅力,他在女人面前不羞怯,他知道如何令她们高兴。你只需看看那女孩快乐放松的神情和活泼的神色,就知道她很高兴,很感兴趣。医生听到几句他谈话的内容;有关兰德威克的赛马,曼利海滩游泳,电影院,悉尼的娱乐活动等等;是年轻人喜欢谈论的事情,而且因为所有的经历都很新鲜,因此非常有吸引力。动作笨拙脑袋四方的大个子埃里克,丑陋但令人愉快的脸上挂着友善的微笑,坐着静静地观看弗雷德。你看得出来他很高兴自己带来的小伙子很善于周旋,他如此有魅力,令他感到一种温暖的自我满足。

晚餐结束后,路易丝走到老斯旺身边,把手放在他肩膀上。

"祖父,你现在该去睡觉了。"

"先让我喝一杯朗姆酒再说,路易丝。"

"好,赶紧喝吧。"

她倒出了他想要的足够分量的酒,他狡猾浑浊的双眼盯着酒杯,她又加了一点水。

"放张唱片在留声机上,埃里克。"她说。

丹麦人照办了。

"你会跳舞吗,弗雷德?"他问。

"你不会跳吗?"

"不会。"

弗雷德站起身来,看着路易丝做了一个邀请的手势。她笑了,他拉住她的手,把手臂放在她腰上,他们跳了起来,很可爱的一对。

桑德斯医生同埃里克站在留声机旁,惊讶地发现弗雷德的舞姿很优美,他有种难以想象的优雅,他令舞伴,即使舞技平平,看上去也跳得跟他一样好。他有本领让舞伴的动作融入他自己的,使她能够本能地即时对他脑中刚形成的想法作出回应。有了他,两人跳的狐步舞呈现出极其精致之美。

"你跳得真好,小伙子。"唱片到头以后,桑德斯医生说。

"这是我唯一擅长的事情。"年轻人笑着说。

他非常清楚自己这种招人喜欢的本领,因此认为理所当然,别人的恭维对他来说不算什么。路易丝神情严肃地看着地板,然后她好像突然醒过来。

"我要去安顿祖父上床。"

她走到老头身边,他还握着那只空酒杯,她温柔地俯身,哄着他跟她一起走。他扶着她的手臂,摇摇晃晃地,比她矮了一英尺,跟她一起走出了房间。

"来打一盘桥牌怎么样?"弗里斯问,"先生们都会打牌吗?"

"我会打,不知道医生和弗雷德怎么样。"

"我来凑个数。"桑德斯医生说。

"克里斯特森打得很好。"

"我不会打。"弗雷德说。

"那没事,"弗里斯说,"我们没有你也行。"

埃里克端来一张桥牌桌,绿呢桌面磨损了,打了补丁,弗里斯拿出了两叠油腻腻的纸牌。他们放好椅子,切好牌,分了搭档。弗雷德站在唱机旁,一副敏捷的样子,身体好像装了弹簧,微微晃动着好似合着无声曲调的节拍。路易丝回到房间里来时,他没有动弹,但脸上挂着善意的微笑,有种亲近的意味但并不令人感觉冒犯,令她觉得似乎生来就认识他。

"我放唱片好吗?"他问。

"不,他们会发脾气的。"

"我们应该再跳一曲,"

"老爸和埃里克打桥牌很认真的。"

她走到牌桌边上,他陪着她。他在尼克尔斯船长身后站了几分钟,船长不安地看了他一两眼,然后,因为打出了一张不好的牌,恼怒地转过头来。

"有人站在我身后看着,我什么事情都做不成,"他说,"没有什么比这更让我恼火的了。"

"抱歉,老伙计。"

"我们到外面去吧。"路易丝说。

小屋的起居室外面是游廊,他们走了出去。可以看见星光下小花园外高大的加纳利树,树下生长着繁茂的绿色豆蔻。台阶下,一边生长着一大片灌木丛,萤火虫在上面闪着点点荧光。有无数萤火虫,发出柔和的光亮,仿佛平静灵魂散发的光辉。他们并肩站了一会儿,看着夜色,然后他拉着她的手带她走下台阶。他们沿着道路一直走到种植园,她让自己的手握在他手里,好似让他握着自己的手是再自然不过的事情,她浑然不觉。

"你不会打桥牌吗?"她问道。

"会打,当然会打。"

"那你为什么不去打呢?"

"我不想打。"

豆蔻树下很暗,栖息在树枝上的大白鸽子已经睡着了,只偶然有只鸽子扑扑翅膀才打破寂静。没有一丝风,空气中有种淡淡的香味,温暖柔和,包裹着他们,几乎可以触动神经,好似水包裹着游泳的人。萤火虫在道路上方飞舞徘徊,摇摇晃晃,令你想到醉酒之人在空旷的街道上踉踉跄跄。他们默默无声地走了一会儿,然后他停下来,温柔地把她抱在怀里,亲吻了她的嘴唇。她没有惊讶或者矜持地动弹或者僵硬;她没有本能地退缩;她接受他的拥抱,似乎那是顺理成章的事情。她的身体在他的怀抱中,柔软但并不柔弱;顺从,但带着一种温柔的自愿。他们现在已经习惯黑暗了,他凝视着她的双眼,她的眼睛现在已经不再是蓝色,而是深不可测的黑色。他的手搂着她的腰肢,另一只手臂搂着她的脖子。她舒适地把头靠在他的手臂上。

"你很可爱。"他说。

"你太好看了。"她回答。

他再次吻了她,吻了她的眼睛。

"吻我。"他悄声说。

她笑了,她双手捧起他的脸,把嘴唇凑了上去。他的手放在她那小小的乳房上面。她叹息了一声。

"我们要进去了。"

她牵着他的手,两人慢慢地并肩走回了小屋。

"我爱你。"他悄悄说。

她没有回答,只是紧紧地握了一下他的手。他们走到了小屋光亮照见的地方,走进屋内一时间感到灯光有点炫目。他们进屋时埃里克抬起头来,朝路易丝笑了笑。

"去水塘那边了吗?"

"没有,太暗了。"

她坐下来,拿起一张带插图的荷兰报纸,看着照片。然后,她放下报纸,目光落在弗雷德身上。她沉思地凝视着他,脸上没有表情,好像他不是一个人,而是一件没有生命的物品。埃里克不时看她一眼,两人目光相遇时,她对他微微一笑。然后她站起身来。

"我要上床睡觉去了。"她说。

她对所有人道了晚安。弗雷德在医生身边坐下来,看他们打牌。不久他们就打完了一盘,站起身来。那辆老福特车回来接他们,四个男人挤了进去。他们进了城以后,车在旅店前停下来让医生和埃里克下车,然后继续把另外两人送到港口去。

二十二

"你瞌睡吗?"埃里克问。

"不,还早呢。"医生说。

"到我家来,喝杯临睡前的酒。"

"好。"

医生有一两个晚上没抽过鸦片了,准备晚上抽的,但并不在乎再等一下。推迟享受即增加享受。他陪着埃里克走在寂静无人的街道上。坎达岛上的人很早上床,街上一个人都没有。医生快步走着,他要走两步才能跟上埃里克的一步。他那双短腿加上有点突出的肚皮,走在这位迈开大步的巨人旁边有点喜感。丹麦人的房子在不到二百英尺之外,但是他们到达时他已经有点上气不接下气。门没有上锁,在这个岛上人们不怎么害怕盗窃发生,因为既逃不走,也很难处理偷来的财物,埃里克打开门,走在前面先去开灯。医生一屁股坐在最舒服的一张椅子上面,等着埃里克拿酒杯、冰块、威士忌和苏打。在煤油灯摇晃不定的灯光下,他那一头灰色短发、塌鼻子和红红的高颧骨脸庞,让你想到一只老年大猩猩,他那双明亮的小眼睛也有着猴子一般灵活敏捷的闪光。只有傻瓜才会以为这双眼睛看不穿装假,但是也许只有智者才能意识到,无论笨拙的谈吐如何笨拙地掩饰,这双眼睛也还是能辨识真诚。他不大可能根据表面就相信一个人说的话,无论它如何貌似可信,虽然只会有隐约的微笑透露出他的想法,但如果是诚实对待——无论如何幼稚,如果是真实的感情——无论如何语无伦次,他都能报以同情,虽然略带些嘲讽和感到好笑,但却是心怀忍耐和善意的。

埃里克给客人和自己各倒了一杯酒。

"弗里斯太太呢?"医生问,"她死了吗?"

"是,去年死的。心脏病。她是个好女人,母亲是新西兰人,但是看她的样子,你会说她是纯粹的瑞典人,是那种真正的斯堪的纳维亚类型,个子高大白皮肤金发,好像《莱茵的黄金》里一位女神。老斯旺经常说她年轻时比路易丝还要好看。"

"她是个非常漂亮的女孩。"医生说。

"她对我就像母亲一样。你无法想象她有多么善良。我总是有空就去那里待着,如果我担心滥用他们的好客,有几天不去的话,她就会亲自来找我。我们丹麦人,你知道,我们认为荷兰人很乏味很笨,现在有这么一个家可去,简直是天赐的好处。老斯旺过去总喜欢同我说瑞典语,"埃里克笑了一声,"他忘得差不多了,他说一半瑞典语一半英语,夹杂一些马来话和一点点日语;一开始我觉得很难听懂。好滑稽,一个人居然会忘记自己的母语。我一直喜欢英语,同弗里斯长聊很有意思,你想不到会在这样的地方遇见受过这么好教育的人。"

"我很好奇他怎么会跑到这里来的。"

"他在一本什么老的旅游书上读到的,他告诉我说他还是个小孩子时就开始想来这里。很滑稽,他打定主意这是世界上他想要居住的一个地方。告诉你,奇怪的是他忘了名字;他再也找不着起先读到它的那本书了;他只知道在苏拉威西岛和新几内亚之间某个地方的一群岛屿中有个自成一体的小岛,那里海上飘着香料的气味,还有宏伟的大理石宫殿。"

"听上去更像是《一千零一夜》,而不是一本旅游书里面读到的东西。"

"这是许多人指望在东方找到的东西。"

"有时的确找到了。"医生嘟囔着说。

他想起福州那横跨河上的壮阔桥梁,闽江上船只来往频繁,大船船头上画着眼睛,为了能看清前面的路。五板船顶着藤编的船罩,还有摇摇晃晃的舢板和突突响的摩托艇。平底船上住着动荡不安的河上人家,河流中央的一只木筏子上面有两个人,身上除了一条腰带之外什么都没穿,在用鸬鹚捕鱼。这样的景色你可以看它一个小时。渔民把他的鸟儿放进水里;鸟潜入水中,捕到了鱼;鸟浮出水面时,他扯紧系在鸟腿上的一根绳子把它拉近;然后,鸟挣扎着,愤怒地扑腾着翅膀,他抓住鸟的喉咙,逼它吐出捕到的鱼。总之是这么一个渔民,用他不一样的异国方式捕鱼,机缘不时给他带来一些令人惊叹的收获。

丹麦人继续说着。

"他二十四岁时就到东方来了,花了他十二年时间。他问每一个遇见的人是否听说过这个岛,但是你知道,在马来联邦和婆罗洲,人们并不怎么了解这些地方。他年轻时在一个地方待不长,从一个地方荡到另一个地方。你听到了老斯旺怎么说他，我猜事实就是这样。他一个工作从来干不长，最后终于到这里来了。是一条荷兰船的船长告诉他的，听上去不大像他在找寻的地方，但这是群岛上唯一有点与那描述相符的岛屿，他觉得应该来看一下。他上岛时除了书和身上穿的衣服之外没有多少东西。起初他难以相信这就是那个地方；你也看到了那些大理石宫殿，你这会儿就坐在其中一个宫殿里面。"埃里克打量一下房间，笑了起来。"你看，这些年来他一直在心里把它们想象为大运河上的宫殿。总之，即使这不是他要找的地方，也是他唯一能够找到的地方。他改变了一下立场，如果你明白我的意思，迫使事实符合他的幻想。他得出结论说这没问题，因为也有大理石铺地，灰泥柱子，他真的觉得这就是大理石宫殿了。"

"你这么一说，听上去他比我想象的更有智慧。"

"他在这里找了个工作，那时比现在有更多贸易往来，他爱上老斯旺的女儿，娶了她。"

"他们在一起幸福吗？"

"是的。斯旺不怎么喜欢他，那时他很活跃，总是计划这计划那，可他从来没法让弗里斯动一动。但是她崇拜他，她觉得他了不起，斯旺老了以后，是她掌管这地方，照料打点事情，使收支平衡。你知道的，有些女人就是这样，想到弗里斯坐在他的角落里看书写字做笔记，给她一种满足感。她认为他是天才，她觉得自己为他做的一切都是他应得的。她真是个好女人。"

医生思忖着埃里克告诉他的事情。真是令人遐想的一幅奇异生活画面！豆蔻种植园里寒酸的小平房，高大的加纳利树；那像海盗一样的瑞典人是个冷酷无情难对付的人，还有那没心没肺无人荒漠里勇敢的冒险者；一位好梦想、脱离现实的中小学校长，受到东方海市蜃楼的诱惑，好像街头小贩的驴子被放进了公用草场，在愉悦的精神田野上无目的地漫游，随意观望；然后，这位了不起的金发女子，像维京女神一般，高效、有爱、心地诚实，当然还有慈悲为怀的幽默感，支撑着一切，管理、指引和保护着这两位彼此不投机缘的男人。

"她知道自己要死时，让路易丝答应一定要照看好他俩。种植园是斯旺的，即使现在收益也足够养活他们一家人。她担心自己去世后，老头会把弗里斯赶出去。"埃里克犹豫了一下，"她让我答应一定要好好照顾路易丝。她的生活不容易，可怜的孩子。斯旺像只狡猾的老猴子，任何恶作剧都有可能。他的脑子在某种程度上像过去一样灵活，他会撒谎、策划和实施诡计，哪怕就是为了对你耍些愚蠢的把戏。他宠爱路易丝，她是唯一能对付他的人，有次纯粹是为了好玩，他把弗里斯的一些稿件撕成了碎片。他们发现他身边一大堆雪花似的纸片。"

"世界没受什么损失，我敢说，"医生笑着说，"但对于一位辛苦挣扎的作者来说很恼火。"

"你不怎么看好弗里斯？"

"我还没决定怎么看他。"

"他教会了我那么多，我会一直感激他，我来这里时还是个孩子。我在哥本哈根上过大学，我家里人一直对文化感兴趣；我父亲是乔治·勃兰兑斯的朋友,诗人霍尔格·德拉克曼①经常到我们家来;是勃兰兑斯最早让我读莎士比亚的,但我还是非常无知,知识面很狭窄。是弗里斯让我理解了东方的魔力。你知道,人们到这里来,却什么也看不见。就这些吗?他们说,然后就回家了。我昨天带你们去看的那个老要塞,不过是几堵旧灰墙野草疯长。但是我永远不会忘记他第一次带我去的情景。他的话使城垛上生出枪炮弹药,他告诉我总督好几个星期焦急不安地在那上面徘徊,因为当地人以东方人惯有的那种奇怪方式,在他们还不可能知道之先就在悄悄议论葡萄牙人将遭遇可怕的灾难,他绝望地等待着船只带来消息;船只终于来了,他读到了有关塞巴斯蒂昂国王以及那些显赫的贵族和大臣们在阿尔卡塞尔战役中全军覆没的消息,泪水流下他苍老的脸庞,不仅因为国王悲惨地死去,而且他预见到这次战败将使他的祖国失去自由;那个他们发现和征服的富饶世界,那些一小群勇敢的人们为葡萄牙的统治而夺取的无数岛屿必将从属于异族——然后,随便你是否相信我,我觉得喉头被堵住了,一时间泪水模糊了我的双眼。不单单是这些,他还告诉我金色的果阿,因为从亚洲掠夺的财物而富裕繁荣,是东方伟大的都城,告诉我马拉巴尔海岸和澳门、霍尔木兹海峡和巴士拉。他将旧日的生活描述得那么平实生动,从那以后我即使观看今日的东方也总是想到过去。我觉得像我这样一个可怜的丹麦乡下孩子,竟然能亲眼看见所有这些奇妙的事情,真是得天独厚啊。想到比我自己的祖国丹麦大不了多少

---

① Holger Drachmann(1846—1908),丹麦诗人,戏剧家和画家。

的国家里这些小个子黑皮肤的家伙具有如此勇敢无畏的精神和热情的想象力，竟然掌控了半个世界，我觉得做个人真好。但是这一切都过去了，他们说金色的果阿现在只不过是个贫穷的村庄；当然，如果只有精神才是唯一的现实，那么帝国的梦想、勇敢无畏与豪侠仗义的传统多少还是得以延续。"

"我们的弗里斯先生让你畅饮的是容易醉倒年轻人的烈酒。"医生嘟囔着。

"让我沉醉了，"埃里克微笑着说，"但是这种沉醉不会引起次日早晨头疼。"

医生没有回答。他倾向于认为它的影响更长久，可能危害会大得多。埃里克呷了一口威士忌。

"我从小是路德会教徒，但是上大学之后就成了无神论者，那时是风尚。我很年轻。弗里斯开始对我谈到婆罗门时，我只是耸耸肩。噢，我们常常一连数小时坐在种植园那边的门廊上，弗里斯、他的妻子凯瑟琳和我。他说话，她从来不怎么吭气，但是她听着，爱恋的目光看着他，他和我会争论。这些事情都很模糊，不容易理解，但是你知道他很会说服人，他相信的是某种伟大与美；这似乎同热带的月夜、遥远的星星和大海的呢喃声很相宜。我常常好奇他是否的确有点道理。如果你明白我的意思，我觉得它同瓦格纳和莎士比亚，还有贾梅士那些抒情诗也很相宜。有时候我变得不耐烦起来，心想这个人就会吹牛皮。你看，他喝得太多，对他不好，还那么喜欢吃，而且如果需要他去干点正经事，他总能找到理由不去，这让我感到不安。但是凯瑟琳信任他，她并不是个傻瓜。如果他是个假货，她不可能同他一起生活了二十年还发现不了。好玩,一个人居然能够既如此粗糙,却又拥有如此崇高的思想。我听过他谈论一些事情,我永远不会忘记。有时他能在神秘的精神领域翱翔——你知道我的意思吗?——你跟不上他的思路,只能在地面上目眩神迷地看着他。你知道,他能做出令人惊讶的事情。那一天老斯旺撕碎了他的手稿,那是一年的心血,整整两章《卢济塔尼亚人之歌》。等发现这件事情之后,凯瑟琳哭了起来,但他只是叹了口气,走出去散步。他回家后,还给做了坏事既幸灾乐祸又忐忑不安的老头带了一瓶朗姆酒。当然他是用斯旺的钱买的,但这没关系。'别在意,老头,'他说,'你撕掉的只是几十张纸;只不过是幻觉,傻瓜才会去多想;现实还存在,现实是不可毁灭的。'第二天,他又从头开始。"

"他说要让我读几段,"桑德斯医生说,"我猜他忘了。"

"他会记得的。"埃里克说,微笑中带着好脾气的固执劲头。

桑德斯医生喜欢他,无论如何这丹麦人是真诚的;他当然是一位理想主义者,但是他的理想主义被幽默感冲淡了,给人的印象是他性格坚毅,甚至比他那人高马大的力量还要更坚毅。也许他不大聪明,却极其可靠,他简单诚实的天性愉快地同他笨拙为人的魅力互补。医生觉得女人可能会深深爱上他。他接下来说的话并非完全没有心计。

"我们看见的那女孩,是他们唯一的孩子吗?"

"凯瑟琳嫁给弗里斯时是寡妇。她跟第一位丈夫有个儿子,同弗里斯也有个儿子,但在路易丝还是小女孩时,那两个儿子都死了。"

"她母亲死后是她照看一切吗?"

"是的。"

"她很年轻。"

"十八岁,我刚上岛时她还是个孩子。他们让她进了这里的教会学校,然后她母亲觉得她应该去奥克兰。但是凯瑟琳生病以后,他们就让她回来了。好有意思,一年对女孩的作用真大;她离开时还是个孩子,常常坐在我膝盖上,回来后长成个大姑娘了。"他对医生羞怯地淡淡笑了笑,"悄悄告诉你,我们订婚了。"

"哦?"

"不是正式的,所以你最好不要提。老斯旺倒是愿意的,但她父亲说她还太年轻。她的确年轻,但我猜这不是他反对的真正原因。我怕他觉得我不够好,他有个想法是某天会有个富有的英国贵族乘游艇来,疯狂地爱上她。目前看来最近的可能是乘着捕捞珍珠船来的年轻的弗雷德。"

他咯咯笑了。

"我不在乎等,我知道她还年轻,所以我先前没有向她求婚。你看,我过了好一阵才意识到她不再是个小女孩了。如果你像我爱路易丝这样爱一个人的话,那几个月、一两年,都没关系。我们还有一辈子,等我们结婚了就不大一样了,我知道那会是完美的幸福,但是我们一旦拥有,就不会再盼望,我们已经拥有了可能会失去的东西。你觉得这样想很蠢吗?"

"不。"

"当然,你刚刚才看到她,你还不了解她。她很美,对吧?"

"非常美。"

"嗯,她的美是她最不值得夸耀的素质,她很有头脑,她有着她母亲一样实事求是的精神,看见这位可爱的孩子——毕竟她还只是个孩子——如此通情达理地管理种植园的事务,有时会让我觉得好笑。马来人知道试图跟她要诡计是没用的。当然,她这一生差不多都在这里度过,从根子上了解各种事情。她很精明,真令人惊叹,还有她对祖父和弗里斯那两个男人施展的手腕,她对他们了如指掌;了解他们所有的缺点,但不在乎;当然,她非常喜欢他们,接纳他们的一切,如同对大家一样一视同仁。我从来没见过她对他们两人哪怕是表示出一点不耐烦。你知道,当老斯旺滔滔不绝地讲那些你已经听过五十遍的故事时,的确是需要一点耐心的。"

"我猜是她把一切打理得井井有条。"

"是可以这么想。但是人们想不到的是,她的美貌、聪明和善良掩盖了最微妙和精致的精神。'掩盖'还不是最恰当的词。'掩盖'意味着伪装,伪装意味着欺骗。路易丝不懂伪装和欺骗的意思,她很美,很善良,很聪明;这都是她;但还有些什么,有种捉摸不定的精神,有时我觉得除了她去世的母亲和我之外,还没有谁想到过。我不知道该怎么解释,那就好像是身体中的幽灵;仿佛精神中的灵魂,如果你能想象一下的话;那就好似一个人本质中的火焰,而世界上人们看见的素质都只不过是其余晖而已。"

医生抬了抬眉。他觉得埃里克·克里斯特森有点不着边际了。但是他听他说话并没有感到不愉快。他爱得很深,桑德斯医生对处于这种境况中的年轻人抱有一些不以为然的柔情。

"你读过安徒生的《美人鱼》吗?"埃里克问。

"老早的事情了。"

"路易丝身上那可爱的火焰般精神,我不是用眼睛而是用灵魂感觉到的,在我看来就恰似那条小美人鱼。它在人群里不怎么自在,总是依稀怀念大海。她那种精神不大像人类的;那么甜美,那么温柔,那么柔和,但是她身上总有种疏离感,对你保持一种距离。我觉得非常稀罕和美丽。我不嫉妒,也不害怕,那是无价之宝,我非常爱她,几乎感到遗憾她不能永远保留它。我觉得等她成为妻子和母亲时就会失去它,无论到那时她还有什么灵魂之美,那也会不一样了。那是一种超凡出世独立不羁的东西,是属于普遍自我的一种自我;也许我们都有;但是在她身上的美妙之处是只有当你有着更敏锐的眼神时,才能看清楚。她将那么纯洁无瑕地到我身边来,想到我不能像她一样,我就觉得太羞愧了。"

"别这么傻。"医生说。

"为什么傻呢? 当你爱上像路易丝这样的人时,想到你自己曾经躺在陌生人的怀中,曾经吻过用钱买来的涂脂抹粉的嘴唇,那真可怕。就这样我也觉得已经配不上她了。我本当至少应该给她一个干净体面的身体。"

"哦,我亲爱的小伙子!"

桑德斯医生觉得这年轻人在胡说八道,但也不想跟他争论。已经晚了,他自己的事情在向他召唤,他喝完了酒。

"我对禁欲态度从来没有任何同情。智者把感官的愉悦和精神的愉悦结合起来,为的是增强他从两者中得到的满足。我从生活中学到的最有价值的事情就是人生不要有任何遗憾。生命是短暂的，自然充满敌意，人类很可笑；但奇怪的是大多情况下都会因祸得福，如果人们有点幽默感和很多为人处事的常识，那还是能够很好地应付，其实那终究都不过是不值一提的小事一桩。"

说完这些，他就起身告辞了。

二十三

第二天,桑德斯医生舒适地坐在旅店的游廊上看书,高高架着双腿。他刚从轮船公司获悉后天会有船到达。船将在巴厘停留,这会让他有机会看看那个诱人的岛屿,从那里很容易去泗水。他在享受假期,他已经忘了无所事事竟然是一件如此愉快的事情。

"一个会享福的人,"他自言自语地说,"天哪,我几乎可以冒充绅士了。"

不久弗雷德·布莱克从路上走过来,点点头,坐到了他身边。

"你没有收到电报,对吧?"他问。

"没有,我不会指望这个的。"

"我刚刚在邮电局,那里的人问我是否姓桑德斯。"

"好奇怪。根本没有谁会知道我在这里;也不知道世界上还会有谁这么着急要找我,竟然会浪费钱去打电报。"

但的确有个惊奇在等着他。还不到一小时之后,有位小伙子骑车到了旅店门口,不久经理就跟他一起来到游廊上,让桑德斯签收一份刚刚收到的电报。

"简直太稀罕了!"他喊道,"老金青是唯一可能会猜到我在这里的人。"

但是等他打开电报时,就更是大吃一惊。

"真他妈愚蠢至极,"他说,"是电码的。老天,谁会想到做这种蠢事情啊？怎么能指望我看懂它呢？"

"我能看看吗？"弗雷德问,"如果是比较有名的那种电码,说不定我可以告诉你。我们肯定能够在这里找到常用的电码本。"

医生把纸条交给他。是数字电码,用成组的数字来代表词或者词组,每一组数字用句号隔开。

"商用电码用的是自撰的词。"弗雷德说。

"这个我知道。"

"我仔细研究过密码,这是我的一个嗜好。我来试试解码行吗？"

"没问题。"

"他们说找出任何编码的秘密只不过是个时间问题。他们说英国政府有人可以在二十四小时之内破译任何人能够发明出来的最为复杂的密码。"

"那你开始吧。"

"我要到屋里去,我需要纸和笔。"

桑德斯医生突然想到了什么,他伸出手去。

"让我再看看电报。"

弗雷德把电报递给他,他找到了发电报的地方,是墨尔本。他没有归还电报。

"有没有可能是发给你的？"

弗雷德犹豫了一下,然后笑了。当他想哄别人时,是很能讨人喜欢的。

"嗯,的确是给我的。"

"那为什么要发给我了?"

"嗯,我觉得我住在芬顿号上,可能他们不肯送电报,或者可能会想要身份证明什么的。我觉得如果直接发给你的话,可以省去很多麻烦。"

"你胆子真大。"

"我知道你是个通情达理的人。"

"那个关于邮电局有人问你是否姓桑德斯的貌似真实的细节呢?"

"全是捏造的,老伙计。"弗雷德轻松地回答。

桑德斯医生格格笑了。

"如果我看不出个名堂,把它撕了,你怎么办?"

"我知道要今天才会到的。他们昨天才拿到地址。"

"'他们'是谁?"

"发电报的人。"弗雷德笑着说。

"那你今天早上来陪我,不完全是为了享受同我在一起的时光了?"

"不完全是。"

医生把那张纸条还给他。

"你脸皮比鬼都厚。拿去吧。我猜你口袋里有解码钥匙。"

"在我脑袋里。"

他进了旅店。桑德斯医生又开始阅读,但他无法专心读下去,他无法完全放下刚才发生的事情。这让他不是一点点高兴,他再次好奇这小伙子究竟牵涉到什么秘密中去了。他很谨慎,从来没有过任何暗示可以让敏捷的情报机构猜测的,没有任何线索可以琢磨。医生耸了耸肩,毕竟这不关他的事情。他试图摆脱受挫的好奇心,假装根本不在乎,打定主意专心看书。但是不久弗雷德回到了游廊上。

"喝一杯,医生?"他说。

他眼睛发亮,脸庞红红的,但同时又有种困惑的表情。他很兴奋,想放声大笑,但他显然找不到理由发笑,所以竭力控制住自己。

"有好消息?"医生问。

弗雷德突然再也忍不住,哈哈大笑了起来。

"有那么好吗?"

"我不知道是好还是坏。好笑得很,但愿我可以告诉你。很奇怪,我觉得很怪,有点琢磨不透怎么回事,我需要点时间来习惯一下。心里有点七上八下。"

桑德斯医生沉思地看着他,这小伙子似乎恢复了活力,过去他总有种丧家狗的神情,使他不同寻常的英俊容貌减去了几分颜色,但是现在他看上去坦率开朗,你会觉得他刚放下了一副重担子。酒来了。

"我想让你为我一位去世的朋友干杯。"他说道,抓起酒杯。

"姓名?"

"史密斯。"

他一口气喝干了杯里的酒。

"我要问埃里克今天下午是否能去哪里走走,我想走断这双腿,锻炼一下会有好处。"

"你什么时候启程?"

"噢,我不知道,我喜欢这里,不在乎多待一阵。但愿你能看看那个火山顶上望出去的风景,埃里克和我昨天上去过了。很漂亮,告诉你吧,这世界不坏啊,是吧?"

一匹寒酸的小马拉着一辆马车蹒跚地从路上下来,卷起一团灰尘,停在了旅店前。驾驭马车的是路易丝,身边是她父亲。他下车走上台阶,手上拿着一个扁平的褐色纸包裹。

"昨晚我忘了给你这个手稿,我答应要让你看看的,所以现在带来了。"

"你太好了。"

弗里斯解开绳子,露出一小叠打字稿。

"当然我想要绝对坦率的意见。"他怀疑地看了医生一眼,"如果你眼下没什么事情,我可以给你读几页。我总是觉得应该大声朗读诗歌,而且只有作者才是最合适的人选。"

医生叹了口气。他很软弱,他找不出理由来让弗里斯打消这个主意。

"你难道要让你女儿在太阳下面等么?"他鼓足勇气说。

"哦,她有事情要做,她可以先去忙自己的事情,再来接我。"

"我同她一起去行吗,先生?"弗雷德·布莱克说,"我这会儿闲着。"

"我觉得她会很高兴的。"

他走下去跟路易丝说话。医生看见她严肃地瞧着他,然后微笑了一下,没说什么。这天上午她身着一条白棉布裙子,戴着一顶当地人手编的大草帽,帽子下金色的脸庞镇静自若。弗雷德跳上车坐在她身边,她驾车走了。

"我要给你朗诵第三章,"弗里斯说,"它有种抒情性质,我觉得是我译得最好的。你懂葡萄牙语吗?"

"不,不懂。"

"很可惜,否则你会觉得很有意思,这基本上是逐字翻译,我几乎做到了如实再现韵律、乐感和情感,实际上再现了一切使其成为伟大诗篇的内容。你当然不会犹豫提出批评意见,我非常愿意聆听你要说的任何话,但是我自己心里知道这无疑是终极译本。说实话我不相信还会有超过它的译作了。"

他开始朗读起来。他的声音很悦耳,这部作品是八行诗体,弗里斯强调了格律,效果不错。桑德斯医生仔细听着,译文似乎轻松流畅,但他不能肯定这在多大程度上应该归功于朗读的抑扬顿挫。弗里斯的方式具有戏剧性,但他将戏剧性赋予声音而非内涵,因此他所朗读内容的意思令人不容易把握。他那样强调韵律,以至于桑德斯医生想到了一辆火车在铺垫不平的轨道上缓慢颠簸,耳边隔段时间就听到期待中的单调声响,令他的身体轻轻一震。他发觉自己走神了,醇厚单调的声音敲击着,他开始感到有点瞌睡。他紧紧盯着朗读者,但是却不由自主地闭上了眼睛;他费了一点力气睁开眼睛,皱皱眉竭力集中注意力。他惊了一下,因为头突然垂到了胸前,他意识到自己迷糊了一阵。弗里斯读到勇敢的行为,为葡萄牙帝国建功立业的人们。他读到光辉的英雄业绩时提高了声音,读到死亡和不幸的命运时声音颤抖低沉。突然桑德斯医生意识到一片静寂,他睁开双眼,弗里斯已经不在了。弗雷德·布莱克坐在他面前,英俊的脸上挂着恶作剧的笑容。

"美美睡了一小觉?"

"我没有睡觉。"

"你打呼噜的声音大得要震掉脑袋瓜子了。"

"弗里斯呢?"

"他走了。我们坐马车回来,他们回家吃饭去了。他叫我不要打扰你。"

"我知道他的问题了。"医生说。他有个梦想,美梦成真了。理想之美在于无法企及,人们得到自己想要的东西时上帝就发笑了。

"我不知道你在说什么,"弗雷德说,"你还在半睡半醒。"

"我们喝杯啤酒吧,这总归是真实的。"

二十四

晚上十点左右,医生和尼克尔斯船长在旅店的起居室里打皮克牌,游廊上的灯光吸引了飞蚁,把他们赶进屋里。埃里克·克里斯特森来了。

"你这一天都在哪里?"医生问。

"我去看看我们在岛上另一边的种植园,我以为会早点回来的,但是经理刚生了个儿子,请客吃饭,我只好留下来了。"

"弗雷德找你,他想散步。"

"可惜我不知道,否则就带他一起去了。"他在一张椅子上坐下来,要了啤酒,"我足足走了十英里,然后回来又划船绕了半个岛。"

"来打一盘牌吗?"船长问,看了他一眼,目光锐利狡猾。

"不,我累了。弗雷德呢?"

"求爱,我猜。"

"这里没多少机会啊。"埃里克好脾气地说。

"别那么肯定。好看的小伙子,你知道吧,女孩就喜欢他。在马老奇我得费很大劲让女孩别招惹他。说句悄悄话,我会说他昨晚运气很不错。"

"跟谁?"

"上面的那个姑娘。"

"路易丝?"

埃里克笑了,他觉得这个说法很荒谬。

"嗯,不好说。今天上午她同他一起来看了看船,我知道他今天晚上着实打扮了一下,又是刮胡子又是梳头发,还换了件干净的西服。我问他这是怎么回事,他说关我屁事。"

"弗里斯今天上午来过,"桑德斯医生说,"也许是他又请弗雷德今晚去吃饭。"

"他在芬顿号上吃过晚饭了。"尼克尔斯说。

他发了牌,两人继续打牌,埃里克抽着一支粗大的荷兰雪茄看他们打牌,一边慢慢喝着啤酒。船长不时瞥他一眼,目光中有种令人非常不愉快叫人不寒而栗的东西。他那靠得很近的眼睛中闪着恶作剧的笑意。过了一会儿,埃里克看看表。

"我去芬顿号看看,也许弗雷德愿意明天上午跟我一起去钓鱼。"

"你找不到他的。"船长说。

"为什么?他不可能在斯旺家待到这么晚。"

"你别那么肯定。"

"他们十点上床睡觉,现在已经过了十一点。"

"说不定他也在床上了。"

"瞎扯。"

"嗯,如果你问我的话,我觉得那个女孩似乎是知道点事情的人。如果他俩这会儿舒舒服服地搂抱在一起,我一点也不会吃惊的。那肯定很好。我要是他就好了。"

埃里克站起身来,他高大的个子矗立在两位坐着的人面前,脸色苍白,握紧了拳头。有一会儿看上去好像他准备给船长一拳。他含糊不清地怒吼了一声,船长抬头看看,笑了一下。桑德斯不得不注意到他一点也没害怕。那个大拳头打一下肯定会把他打趴在地,他是个卑鄙的无赖,但他有勇气。医生看见埃里克竭尽全力控制住了自己。

"以己之心揣度别人这主意不坏,"他说,声音颤抖着,"除非自己是个癞皮狗。"

"我说了啥得罪你了吗?"船长问,"我不知道那女士是你的朋友。"

埃里克盯着他看了一会儿,露出一脸对此人的厌恶和极度蔑视。他转身迈着沉重的步子走出了旅店。

"你想找死吗,船长?"医生干巴巴地问道。

"领教过很多这一类大个子,伤感的性格,就这样。千万别去打一个比你个子小的人。他们脑瓜子不大灵活,你知道,通常都有点蠢。"

医生咯咯笑了。想到这个无赖居然会精明地利用别人体面的情感来达到自己卑鄙下贱的目的,他觉得很开心。

"你还是有点冒险。如果他不是控制得很好的话,可能还没意识到怎么回事就先揍了你一拳。"

"他干啥那么生气?他自己也对这女孩有意吗?"

桑德斯医生觉得没必要告诉他埃里克同路易丝已经订婚。

"有些人不喜欢听别人这样谈论自己的女朋友。"他回答。

"别扯了,医生。别对我扯这些,这对你一点不合适。如果一个女孩很放荡,别人也想要知道。如果有人曾经得手,嗯,那他可能也有机会,对吧?就这么回事。"

"你知道吧,你是我见过的最肮脏的家伙,船长。"医生漫不经心地说。

"这本身就是一种恭维,对吧?好笑的是即使我很肮脏,你也不会因此更不喜欢我。似乎你自己也不是啥圣人,我不在乎告诉你我从各方面都听到过一些你的事情。"

桑德斯医生的目光闪了闪。

"你今晚还消化不良吗?船长?"

"我不是很舒服,如果说的确消化不良的话,也不算撒谎。注意我说的不是疼痛,但就是不舒服。"

"要很长时间的,你不能指望治疗了一个星期之后就能消化一磅铅。"

"我不想消化一磅铅,医生,一点都不指望那个。你知道的,我不抱怨。我不会说你没有帮到我,你帮到了,但我还有得熬呢。"

"嗯,我说过,把牙拔了,这些牙对你已经没用了,鬼都知道留着这些牙并不会让你更好看。"

"我会的,向你保证。等我一结束这趟航程就去,看不出有啥理由不在新加坡停一停,那里肯定有好的美国牙医。这孩子现在想去巴塔维亚。"

"是吗?"

"是,他今天早上收到一份电报,我不知道什么内容,但他一心想在这里停留一段时间,然后去巴塔维亚。"

"你怎么知道他收到了一份电报?"

"我在他的裤子口袋里发现的。他上岸时穿了一套干净的衣服,裤子随便一扔。这小子邋里邋遢,这表明他不是个水手,水手总是整整齐齐,必须这样。那电报我一点看不懂,是密码的。"

"我猜你没有注意到那是发给我的?"

"你的?没有,我没有注意到。"

"嗯,你再仔细看看。我刚把它拿给弗雷德去解码的。"

这样让尼克尔斯转移了注意力,医生觉得非常有趣。

"那现在这样完全调转方向的理由是什么呢?他总是要避开大地方的,当然,我觉得是因为警察的关系。反正我打算去新加坡,要不就情愿让这该死的船沉了。"

尼克尔斯船长郑重其事地俯身向前,动情地看着医生的眼睛。"我好奇你是否意识到当一个人十年都没吃过早餐和肉杂碎布丁,那是什么感觉。还说什么女孩子,你可以把世上所有的女孩全拿去,如果我能吃上一块羊脂布丁,浇上一大堆糖浆和满满一勺奶油的话,没有哪个女孩我不肯拿来交换的。那就是我的天堂,我才懒得操心他妈的别人惦记些啥呢。"

二十五

埃里克重重地迈开步伐,好似测量板球场地的人那样在测量土地,走向海边。他心里不为所动,他没去在意无耻船长的含沙射影,那在他嘴里留下了一种讨厌的味道,好像喝下了某种令人恶心的饮料,他啐了一口。但他并非没有幽默感,想到那暗示是有多么荒谬,他低声格格地笑了一下。弗雷德只是个孩子,他不能想象任何女人会对他多看一眼;而且他太了解路易丝了,知道她压根不可能会把他放在心上。

海边没有人,大家都睡觉去了。他走上栈桥,对着芬顿号喊了一声。船泊在一百码以外,船上的灯光像一只眼睛那样稳稳地照在平静的水面上,他又喊了一声,无人回答。但是下面传来一个闷闷的瞌睡的声音,是那个黑人在小艇上等待尼克尔斯船长。埃里克走下台阶,看见小艇系在栏杆底边上。这人依旧半醒半睡,起身时大声打着哈欠。

"是芬顿号的小艇吗?"

"是,你想要啥?"

黑人先前以为是船长或者弗雷德,发现认错了人,脾气很不好,疑心很重。

"划我到大船上去,我想见弗雷德·布莱克。"

"他不在船上。"

"肯定?"

"除非他游过去了。"

"哦,那好。晚安。"

那人抱怨地哼了一声,又躺下去睡了。埃里克回到静寂的路上,他觉得弗雷德是去了小屋子,弗里斯留他聊天。想到这孩子会如何看待那英国人的话题,他笑了。有点意思。他喜欢弗雷德,在他假装处事精明以及有关赛马和板球,跳舞和格斗比赛的瞎扯后面,你不由得会注意到他愉快和单纯的天性。埃里克并非完全没有意识到小伙子对他自己的感情。英雄崇拜,噢,这没啥不好的,会过去的。他是个好小伙子,谁有机会的话说不定可以让他出人头地。同他聊天很有意思,可以感到虽然话题很陌生,但他还是尝试着去理解。也许如果你在那片感恩的土壤上播下种子,很有可能会长出植物来。埃里克到处逛着,希望能遇见弗雷德;他们可以一起回家,也可以去他家,可以找出些奶酪和饼干,喝一杯啤酒。他一点也不瞌睡,他在岛上没有多少人可以聊一聊;同弗里斯和老斯旺在一起,他大半时间只是听众。两人聊天到半夜三更会很有意思。

"聊天让太阳厌倦了,"他背诵着,"让他从西天沉没①。"

埃里克对自己的私事缄口不言,但是他打定主意要告诉弗雷德他同路易丝订婚的事情,他想让他知道。这天晚上他很想谈论她,有时爱完全占据了他的身心,他觉得如果不告诉别人的话,那心都

---

① 出自英国诗人威廉·科里(William Johnson Cory, 1823—1892)的诗作《赫拉克利特》(Heraclitus)。

要爆裂了。医生老了,不会理解;有些事情同一个成人说会令他觉得尴尬,但是他可以跟弗雷德聊聊。

距离种植园有三英里,但是他完全陷入沉思,都没有意识到这段距离,到达之后倒吃了一惊。很奇怪他路上没有遇见弗雷德,然后他想到弗雷德肯定是在他去海边的时候去旅店了。多么愚蠢啊,居然没想到这个!哦,嗯,也没办法了。既然他已经来了,那就不如进去坐一下。当然他们都睡了,但他不会打扰任何人。他经常这样做的,在大家都上床睡了之后去那小屋,坐在那里想心事。花园里有张椅子,在游廊下面,老斯旺有时在凉爽的夜晚会坐在那上面休息。那是在路易丝房间的前面,安静地坐在那里,望着她的窗户,想着她在蚊帐中安宁地睡着,他奇怪地感到心定。她可爱的灰金色头发披散在枕头上,她侧睡着,沉睡中年轻的胸脯轻轻地起伏。他这么想着她的时候充溢心中的感情像天使一般纯净。有时想到这处女的优雅必然会消亡,那苗条可爱的身体最终会归于死的寂静,他感到有点悲伤。一个这么美的造物也会死去,真是可怕。他在那里坐了一些时候,直到和缓的空气中有了凉意。树间鸽子扑腾翅膀的声音提醒他,天快要亮了。这是安宁和迷人静谧的时光,有次他曾看见百叶窗轻轻地打开,路易丝走了出来。也许是闷热难受,或者从梦中醒来,她想呼吸一点新鲜空气。她光着脚走过游廊,手放在栏杆上,站着观看星空。她腰上围着一条纱笼,但赤裸着上半身。她抬起手来,松开头发散落在肩上。她柔和的身影在懒洋洋的晨曦中映衬着黑色的小屋。她看上去不像一个有血肉的女子,好似仙女一般,埃里克满心想着丹麦古老的神话,几乎期待她变成一只可爱的白色小鸟,飞去传说中的日出之地。他一动不动地坐着,藏在黑暗中。四周如此静寂,她轻声地叹气,他感觉几乎像把她抱在怀中,她的心紧紧贴着自己。她转身回屋子里去了,关上了百叶窗。

埃里克走上那段通往小屋的土路,在面对路易丝房间的那张椅子上坐了下来。小屋黑黢黢的,包裹在深沉的静寂中,让人以为屋内的人不是睡着了,而是死了。但是在这片静寂中并没有叫人害怕的感觉。有种微妙的宁静令人宽心,很舒适,好似年轻女孩柔滑的肌肤。埃里克心满意足地轻叹了一声。他想到了凯瑟琳·弗里斯,感到一些悲伤,但在这种悲伤中不再有焦虑。他希望永远不会忘记她给予他的善意,那时他刚到岛上,还是个幼稚害羞的小青年。他崇拜她,那时她已经四十五岁了,但无论是艰辛的劳作还是生养孩子都没有给她强健的体格留下任何影响。她身材高大,胸脯丰满,一头茂盛的金发,举止骄傲。你会以为她可以活到一百岁。她代替了他母亲的位置,他母亲也是有个性有勇气的女人,他把她留在了丹麦的一个农庄上,她像爱那些自己曾经生养、但却被死神夺去的儿子那样爱他,但是他觉得他俩之间的感情更加亲密,比真正的母子更亲密,他们不会像他俩那么坦率地谈话,或许也不会像他俩彼此做伴时那样有种平静的满足感。他爱她,崇拜她,确信她也爱他,这令他感到非常幸福。他甚至有点觉得假如某天他爱上一个女孩,那种感觉也不会完全像他对凯瑟琳·弗里斯所抱有的纯粹的感情那样具有如此的平静舒适。她是位从来不怎么读书的女子,但她却知识广泛,像未开发的矿藏那样深藏不露,你会说那些知识是无数代人在无尽时间长河里的阅历积累,因此她能应付你书本上看来的知识,与你平起平坐。她属于可以让你感到自己说的话很了不起的那种人,你同她说话时,想法自然而然涌现,你过去从没想过自己有这本领。她是讲究实际的人,也不乏天生的幽默感;她很能取笑别人的荒谬之处,但却心地善良,如果她嘲笑你,那也是很温柔的,反倒使你因此更爱她。埃里克觉得她最宝贵的品格是完全的真诚,使她全身发散出光芒,照亮所有同她交往的人。

想到她一生都得到了该得到的幸福,他心中充满了温暖感激的情绪。她同乔治·弗里斯的婚姻简直就是田园牧歌,当他初次来到这个遥远美丽的岛上时,她已经孀居一段时间了,她第一任丈夫是新西兰人,是一艘帆船的船长,在岛上做点生意,在那次毁了她父亲的飓风中淹死在海里。当时斯旺胸口受伤,不能再干任何重活,飓风带走了他几乎一生的积蓄,他们两人一起来到这个种植园,那是斯旺凭借自己斯堪的纳维亚人的精明,多年来一直留着以备不时之需的。她跟新西兰人有个儿子,但他还是婴儿时就患白喉死了。她从没见过乔治·弗里斯这样的人,也从没听过任何人像他那样谈天说地。那时他三十六岁,一头乱糟糟的黑发,一副瘦削浪漫的相貌。她爱他,仿佛她那讲究实际的理智,她那高贵接地气的本能在这个夸夸其谈高大上话题的神秘流浪汉身上找到了互补,她爱他不像爱先前那个粗糙道地的水手丈夫,而是带着一种半觉好笑的温柔情感,想要保护和呵护。她觉得他无限高于她,她敬畏他的志向高远、他的心智,她从来没有停止过相信他的善良和天赋。埃里克想到,尽管弗里斯令人不耐烦,他还是会一直对他抱有善意,因为她那么一心一意地爱他,而他给她带来了那么多年的幸福。

是凯瑟琳最早提起想要他娶路易丝为妻,虽然当时她还是个孩子。

"她永远不会像你那么可爱的,亲爱的。"他笑着说。

"噢,会可爱得多的,你现在还看不出来,我看得出来。她会像我一样,但又会很不一样,她会比我好看得多。"

"她要跟你一模一样我才会娶她。我不想要她有什么不一样。"

"等她长大,你就会很高兴她不是个肥胖的老女人。"

他现在想到那次谈话,觉得有点好笑。深色的小屋颜色渐渐变淡了一点,一时间他有点吃惊,还以为快要黎明了,但是四下一看,他发现是一弯月亮挂在了树梢,好似一只空水桶随海潮飘荡,月光依然暗淡,但照在沉睡的小屋上。他朝月亮友好地挥了挥手。

那位健壮有力的女人毫无来由地患上了心脏病,一阵阵突如其来的疼痛使她意识到死神任何时候都有可能夺去她的生命。她又同埃里克谈到她的愿望。路易丝当时在奥克兰上学,已经去叫她回来了,但是她必须绕路,要一个月时间才能到家。

"再过几天她就十七岁了,我觉得她有脑子,但还是太年轻,没能力一个人打理这地方。"

"你怎么觉得她会想要嫁给我呢?"埃里克问。

"她还是个孩子的时候就崇拜你,总是像条狗那样到处跟着你。"

"噢,但那只是小女孩的痴迷而已。"

"你基本上是她认识的唯一男人。"

"但是,凯瑟琳,如果我不爱她的话,你不会想要我娶她的。"

她给了他一个甜美幽默的笑容。

"不会的,但是我总觉得你会爱上她的。"她沉默了一会儿,然后说了一句他不怎么明白的话,"我觉得即使我不在了,也是高兴的。"

"噢,别这样说,为什么?"

她没有回答,只是拍了拍他的手,格格笑了笑。

想到她说得很对,他心里感伤地动了一动,他很愿意将她的先知先觉归于将死之人奇怪的预感。等路易丝回家他看见她时,大吃了一惊。她已经长成一位可爱的大姑娘,她已经不再像小时候那样崇拜他,但也不再羞怯;她同他在一起时完全怡然自在。她当然还是非常喜欢他;他不可能怀疑这一点,她那么甜蜜,友好,亲人;但是他有种印象,并非她对他挑剔,而是在冷静地掂量他。这并不让他尴尬,但使他觉得有点不自在。她眼中有了他那么熟悉的她母亲眼中那种揶揄幽默的神情,但是在母亲眼中这种神情令你心中温暖,因为如此充满爱意,但是在路易丝那里,就令你感到不安;你不能肯定她是否觉得你有点荒谬好笑。埃里克发现自己必须同她从头开始,因为不仅她的身体变了,整个精神也变了。她还像过去一样是个好伙伴,一样快乐,他们像过去一样长久地散步、游泳和钓鱼;他们还像他二十二岁她十四岁时那样无拘无束地一起谈笑;但他隐约觉得她身上有种新的疏离感,她的灵魂曾经像玻璃那么透明;现在却罩上了一层迷雾,他感到有点深不可测。

凯瑟琳去世得有点突然。她一阵心绞痛,等到那位混血医生抵达小屋时,她已经没救了。路易丝完全崩溃了,她经历的岁月和那岁月带来的早熟都离开了她,她又变成一个小姑娘。她不知道如何应对痛苦,她手足无措,长时间伏在埃里克的怀里哭泣,无法安慰,像一个孩子不知道悲伤总会过去。她无法应对这种情形,只能温顺地听他的话,弗里斯束手无策,完全失去了理智。他只是一个劲地喝威士忌掺水,只会哭泣。老斯旺只知道谈论他所有的孩子,谈他们如何一个个地死去。他们都对他不好,现在也没有剩下一个孩子来照看可怜的老人。有些孩子离开了,有些花光了他的钱,有些娶的老婆他都不认识,其他的都死了。你还以为总会有个懂点事情的留下来照看父亲,现在他需要有人照看了。

埃里克竭尽全力照应周全。

"你是个天使。"路易丝对他说。

他在她的目光中看见了爱意,但他只满足于拍拍她的手,告诉她别犯傻;他不想利用她的感情,利用压倒她的无助感和被抛弃的感觉,来向她求婚。她还那么年轻,这样讨她的便宜是不公平的。他疯狂地爱她。但他心里刚这样说了之后又纠正了自己;他清醒地爱她。他以自己全部心智实实在在的力量,以他四肢结实的劲头,以他诚实品格所有的活力爱她;他不但爱她处女身体之美,还爱她成长的个性那坚实的轮廓,她处女灵魂的纯洁。他的爱使他感到了更大的力量,他觉得没有什么事情是他办不到的。然而,想到她的完美远远超出健康身体中的健康心智,她那与可爱体型完美结合的微妙敏感的灵魂,他觉得自己非常卑微和渺小。

现在已经尘埃落定了。弗里斯的犹豫不是真心的;他可以被说服,如果说不是听从理智,至少会对劝说让步。但斯旺很老了,正在迅速衰竭,也需要等他死了才能结婚。埃里克很能干,公司不会让他无限期待在这个岛上,总有一天他们会把他调到仰光、孟买或者加尔各答去,最终他们会需要他去哥本哈根。他绝不会像弗里斯那样满足于一辈子待在种植园上,就靠卖卖丁香和豆蔻勉强度日,再说路易丝也没有她母亲那种怡然自得来使那美丽小岛上的生活成为田园牧歌。他最欣赏凯瑟琳的就是她能够从简单事物、日常生活、不值一提的持家琐事以及和平、宁静、幽默和满足的心态中构建出如此精致完善的美感。路易丝远比她母亲精神饱满,尽管她心态平和地接受眼下所处的环境,她那活泼的天性却难以拘束。有时他俩一起坐在葡萄牙旧要塞的城墙上观望大海,他感觉得到她的灵魂跃跃欲试。

他俩经常谈到婚礼后的旅行。他想要春天去丹麦,经过长久的严冬之后所有的树木都将绽放出绿叶,那北方的国度有种新鲜温柔的绿意,是热带国家从未见过的。草地上黑白色的奶牛和掩映在树木中的农庄有种甜蜜整洁的美感,不令人惊奇,但却使人舒适。然后还有哥本哈根,宽阔繁忙的街道,整整齐齐外表庄严的房屋,窗子多到叫人惊奇,教堂和克里斯蒂安国王建造的红色王宫看上去像仙境。他想带她去赫尔辛格,就是在它的城垛上丹麦王子父亲的鬼魂出现在他眼前。夏天厄勒海峡景色壮丽,平静的海面呈现灰色或者乳蓝色;生活在那里是非常愉快的,充满音乐和笑声;在漫长的北方暮色中荡漾着欢声笑语。但他们还要去英国,那里有伦敦,有国家美术馆和大英博物馆。他俩都没有去过英国,他们会去埃文河上的斯特拉福德,去瞻仰莎士比亚的坟墓。当然还有巴黎,那是文明的中心,她可以去卢浮宫购物,他们可以驾车在布洛涅森林兜风,手牵手在枫丹白露散步。意大利,月光下乘贡多拉在大运河游览!为了弗里斯的缘故,他们还会去里斯本,看看旧日葡萄牙人从那里出发去创建帝国的城市会很有意思,现在那帝国除了几处荒废的要塞堡垒和零零落落一些衰败垂死的驻地总署,没有其他留下了,只空余小小一首永恒的诗篇和不朽的名声。同世界上你最珍爱的人一起去看所有这些可爱的地方,生活没有比这再完美的了。此时埃里克明白了弗里斯的意思,他说至高无上的精神,你也可以称之为上帝,没有超脱生活而是就在生活里面。这伟大的精神存在于山间的岩石中,荒原的野兽中,人类中,存在于在天穹翻滚的雷鸣声中。

下半夜白色的月光照亮了小屋,给它那整齐的轮廓一种虚无缥缈的感觉,使它原本实实在在的外貌增添了一种柔弱和诱人的不真实感。突然,路易丝房间的百叶窗缓缓推开了,埃里克屏住了呼吸。如果问他此刻最想要什么,他会说只想看她一眼。她出来走到游廊上,身上只有一条睡觉时穿的纱笼。

她在月光下看上去像个精灵。夜色似乎突然停顿,静寂像一个正在聆听的活物。她走了一两步,上下打量了一下游廊,她想知道周围没有人。埃里克期待她像过去那样走到栏杆边,在那里站一会儿。在这样的月光下,他觉得自己几乎能看到她眼睛的颜色。她转身朝向自己房间的窗户,招招手,一个男人走了出来。他停顿了一下好似要去牵她的手,但是她摇摇头,指了指栏杆。他走向栏杆,迅速翻了出去。他看看地面,有六英尺,轻轻纵身跳下。路易丝轻轻走回房间,关上了门。

埃里克一时间惊诧、迷惑,完全不明白是怎么一回事。他简直不相信自己的眼睛。他坐在原处,坐在老斯旺的椅子上,一动不动,眼睛眨都不眨。那个人跳下来,坐在地上,似乎是在穿鞋子。埃里克突然能使唤手脚了,他冲上前去,那人只在数米之外,他一跃上前抓住了他的衣领,拖着他站了起来。那人吓了一跳,张嘴正要喊,但埃里克用他沉重的大手蒙住了他的嘴,然后慢慢移动手直到圈住那人的脖子。那人如此惊讶,甚至都没有挣扎一下。他木木呆呆地站在那,看着埃里克,在他强有力的掌控之中动也不能动。然后埃里克看了看他。是弗雷德·布莱克。

二十六

一个小时以后,桑德斯医生醒了,但还在床上躺着,他听见走道里有脚步声,然后是轻轻敲门声。他没有回应,门把手动了动,门上了锁。

"是谁?"他喊道。

回答盖过了他的喊声,声音快速、低沉、焦急。

"医生,是我,弗雷德。我要见你。"

尼克尔斯船长回芬顿号上去之后,医生吸了六管鸦片。他吸烟时讨厌被人打扰,思绪像儿童绘画本上的几何图形那样清晰,正方形、长方形、圆圈、三角,井然有序地从脑海中飘过。思绪如此清晰所带来的愉悦也是身体懒洋洋享受的一部分。他撩起蚊帐,走在光秃秃的地上去开门。他打开门,看见是守夜人,他头上披着一张毯子抵挡夜间的凉意,手里提着一盏灯,弗雷德·布莱克站在他身后。

"让我进去,医生,有要紧事。"

"等我点下灯。"

他借着守夜人的灯光找到火柴,点亮了灯。阿凯睡在医生房间外面游廊的一张凉席上,此刻也惊醒了,坐起身来揉着他黑色的杏眼。弗雷德给了守夜人一点小费,他离开了。

"接着睡吧,阿凯,"医生说,"不需要你起来。"

"赶快,你必须赶快去看埃里克,"弗雷德说,"发生了一件意外。"

"你什么意思?"

他看着弗雷德,发现他像张纸那么白,浑身打抖。

"他朝自己开了一枪。"

"上帝啊,你怎么知道的?"

"我刚从那里过来。他死了。"

医生一听见弗雷德说话,就本能地开始忙碌起来,但此时他停了下来。

"你肯定吗?"

"哦,肯定。"

"如果他已经死了,我再去有什么用呢?"

"不能就这么让他留在那里。来看看吧,哦,老天啊。"他的声音破碎了,好似要哭出声来,"也许你能做点什么。"

"还有谁在那?"

"没谁。他自己一个人躺在那里,我受不了了。你必须做点什么,看在上帝的分上,快来吧。"

"你手上是什么?"

弗雷德看了看,手上满是血,他本能地想要在帆布裤子上擦拭。

"别这样,"医生喊道,抓住他的手腕,"过来洗干净。"

他依旧握着他的手腕,另一只手拎着灯,领他去了浴室。这是个黑黢黢的方形小房间,水泥铺地,角落里有个巨大的浴缸,你洗澡时要用个小铁皮罐子从浴缸舀水浇在身上。医生递给弗雷德满满一铁罐水和一块肥皂,让他洗洗。

"你衣服上有吗?"

他提高灯来看。

"我想没有。"

医生把血水倒掉,他们回到卧室。看见血让弗雷德吃惊,他想要控制自己歇斯底里的紧张情绪。他比任何时候都更加苍白,尽管他紧握着双手,桑德斯医生还是能看到他的手无法控制地剧烈颤抖。

"最好喝一杯,阿凯。给这位先生一些威士忌,不要掺水。"

阿凯起身去拿来一只酒杯,倒了一些纯威士忌,弗雷德一口干了,医生仔细打量着他。

"听着,小伙子,我们眼下是在外国,我们不想跟荷兰官方打交道,我不相信他们是很容易打交道的人。"

"我们不能让他躺在血泊中。"

"实际上,难道不是在悉尼发生了什么事情,你才急急忙忙离开的吗?这里的警察会问你很多问题,你想要他们给悉尼打电报吗?"

"我不管,我对这一切都厌烦了。"

"别做傻瓜。如果他已经死了,你帮不了他,我也帮不了他。我们最好还是别沾手。你最好还是赶紧离开这个岛。有人在那里看见你吗?"

"哪里?"

"在他家。"医生不耐烦地说。

"没有,我在那里只待了一分钟就直接跑这里来了。"

"他的仆人呢?"

"我猜他们都睡着了,他们住在后面。"

"我知道,守夜人是唯一看到你的人。你把他叫醒做什么?"

"我没办法进来,门锁住了,我必须找到你。"

"哦,嗯,那没关系。你有很多理由可以在半夜三更叫醒人。你为什么要去埃里克家呢?"

"我必须去,有些话不能等,必须跟他说。"

"我猜他的确是自己开的枪,你没有开枪杀他,对吧?"

"我?"小伙子惊恐地喊了一声,"为什么,他是……我绝不会伤害他一根头发。即使他是我的兄弟,我也不会对他更加在意了。他是一个人能够得到的最好的朋友。"

医生皱皱眉,有点讨厌弗雷德的措辞,但他对埃里克的感情是显而易见的,医生的提问让他震惊,这本身就足以说明他没说假话。

"那到底是怎么回事?"

"噢,老天,我不知道。他肯定是疯了。我怎么知道他会做这种事情呢。"

"全都说出来吧,小伙子。你不用害怕我会去告发你。"

"是老斯旺家的那个女孩,路易丝。"

医生目光变得锐利,但没有打断他的话。

"今晚我同她快活了一阵子。"

"你?但是你昨天才第一次见到她。"

"我知道,但这有什么关系?她第一眼看见我就喜欢上了,我也喜欢她。我离开悉尼之后什么事都没有,不知为什么我受不了这些土著人。我同她跳舞时就知道没问题,那时我就可以得到她。你们打桥牌时我们去了花园,我吻了她,她也很想被吻。当一个女孩这样的时候,你不会愿意给她时间让她多想想。我自己也有点盼望着,我觉得从来没人碰过她。如果她让我从悬崖上跳下去,我也会的。她今天早上跟她老爸一起来的时候,我问她是否可以见面。她说,不。我说,我不能在他们上床以后来吗,我们可以一起在水潭里游个泳。她说,不。但她不肯说为什么。我告诉她我为她发狂了,我真的发狂了。老天,她真是个尤物。我带她去参观我们的船,在那里吻了她。那个该死的老尼克尔斯一分钟也不肯让我俩单独待一起。我说我今晚去种植园,她说她不会来,但我知道她会的,她想要我,就跟我想要她一样;结果当然,等我到那里时,她在等着我。很可爱,在黑暗中,除了有蚊虫;蚊子咬得人要发疯了,有血有肉的人没法忍受,我说,我们不能去她房间吗?她说她害怕,但是我告诉她没事情的,最后她说好。"

弗雷德停住了。医生的双眼从沉重的眼皮底下看着他,吸过鸦片之后他的瞳仁像针尖那样。他听着,思索着听到的话。

"最后她说我最好离开,我穿上衣服,只剩下鞋子没穿,这样就不会在游廊上有响动。她先出去看看动静,老斯旺有时睡不着会走来走去,好像走在甲板上。然后我溜出去,跳下游廊。我坐在地上开始穿鞋,还没意识到是怎么一回事情,就有个人抓住我把我拖了起来。是埃里克,他力大如牛,一把把我拎起来,好像我是个小孩,他的手捂住我的嘴,但是我已经吓得没魂,即使想叫也叫不出来。然后他又把手放在我脖子上,我以为他会掐死我。我不知道,我瘫瘫了。我甚至都无法挣扎,我看不到他的脸,只能听见他的呼吸;上帝,我以为自己完蛋了,然后他突然放了手;他照我的头狠狠打了一巴掌,是反手打的,我觉得是,我像根木头那样栽倒了。他在我身边站了一会儿;我没动;我觉得如果动一动,他可能会杀了我,然后,突然,他转身走开了,速度快到一小时一百英里。过了一分钟我才站起身来,看了看小屋。路易丝什么都没听见。我想,我是否该进去告诉她?但我不敢,我怕有人会听见我敲百叶窗的声音,我不想吓着她,我不知道该怎么办。我走起来,结果发现没穿鞋,我必须回去拿鞋,我吓坏了,因为一开始怎么样都找不着鞋。我走到大路上时才松了一口气。我不知道埃里克是否在等着我,大半夜的一个人走在路上可不是开玩笑的,四周一个鬼都没有,心里还知道有个大个子随时都可能窜出来狠狠揍你一顿。他可以像对待一只小鸡那样扭断我的脖子,我完全无法招架。我走得不快,大睁着眼睛。我想如果我先看见他,就赶紧逃。我的意思是,面对一个你根本没机会对付的家伙,一点用都没有,但我知道我肯定比他跑得快得多。我猜我只是吓坏了。我走了一个小时之后,不再害怕了。然后,你知道吧,我觉得我非要见他不可。如果是任何其他人,我才不会在乎,但是不知为什么,我无法忍受他觉得我是头猪。你不会懂的,但是我从来没见过他这样的人,他自己那么正直,你无法忍受他认为你不正直。大多数人,你知道,都不比你好到哪里去;但埃里克不一样,我的意思是,你必须是个道道地地的傻瓜才会看不出来他是百里挑一的,你明白我的意思吗?"

医生微微露出点讥讽的笑容,嘴唇一咧露出长长的黄牙,让你想到一只吼叫的大猩猩。

"天哪,我知道,真叫人伤心啊,不知道该怎么办好了,把人之间的关系搞颠倒了。真丢人,是吧。"

"上帝,你就不能像别人一样好好说话?"

"接着说。"

"嗯,我就是觉得必须跟他说清楚。我想把一切都告诉他,我很愿意娶这女孩,对她我没法克制自己。毕竟这也是人性,你老了,你不明白是怎么回事。等你到了五十岁就没问题了。我知道只有同他把事情说清楚我才能安心。我到了他家,在他家外面不知道站了多久才鼓起勇气;需要点胆量才敢进去,你知道,但我还是强迫自己。我忍不住会想既然他当时没有杀死我,现在也不会杀死我了。我知道他没有锁门,我们第一次来这里的时候,他只是转了一下把手就走了进去。但是,老天,我走进过道时心跳得很厉害,关上门就漆黑一片。我叫他的名字,但他没有回答。我知道他的房间在哪里,走过去敲门。总之我不大相信他会睡着。我又敲了门,然后喊道:"埃里克,埃里克。"至少我尝试大声喊,但是我喉咙很干,声音像乌鸦那么嘶哑。我搞不清楚他为什么不回答,我以为他只是在那里等着,听着。我吓得要死,几乎想拔脚逃跑,但还是没有。我试了试门闩,门没有锁,我打开了门。什么都看不见,我又喊着说:'看在老天的分上,回答我,埃里克。'我点着一根火柴,一看吓了一大跳。我差点吓破了胆,他躺在地上,在我脚下,如果我多走一步,就会被他绊倒。我火柴掉了,什么都看不见了。我对他大声喊叫,我以为他昏过去了,或者是醉得不省人事,我想再点一根火柴,但他妈的就是点不着,点着以后,我举着火柴凑近他,老天,他整整一边头都被打飞了。火柴熄了,我又点了一根,我看见了灯,就把灯点着了。我跪下来摸摸他的手,还是热的。他另一只手上紧紧握着一把枪,我摸摸他的脸看他是否还活着。到处都是血,上帝,你从来没见过这样的伤口;然后我就直奔这里。我这一辈子都不会忘记那个情景了。"

他两手蒙着脸,痛苦地前后摇晃着,他抽泣了一声,往椅子上一靠,转过脸去哭了起来。桑德斯医生让他去哭,他伸手去拿了支烟,点上,使劲吸了一口。

"你让灯一直亮着吗?"他终于说道。

"噢,该死的灯,"弗雷德不耐烦地说,"别他妈的这么傻。"

"没关系,他也可以点着灯朝自己开一枪,不一定要黑灯瞎火。奇怪居然没有哪个仆人听到什么动静。我猜他们会以为是哪个中国人在放炮仗。"

弗雷德没理睬医生说的,这些话全都没有任何意义。

"他到底为什么要这样做?"他绝望地喊道。

"他已经同路易丝订了婚。"

医生这话效果惊人,弗雷德猛地跳起来,脸色惨白,他惊恐得眼珠几乎都要挣出眼眶。

"埃里克? 他从来没告诉过我。"

"我猜他觉得同你他妈的没关系。"

"她也没告诉我,她一个字都不提。噢,老天,如果我知道,我根本不会去动她一根指头。你只是说说而已,不可能当真,不可能。"

"他自己告诉我的。"

"他非常爱她吗?"

"非常爱。"

"那他为什么要去自杀,不杀死我或者她?"

桑德斯医生笑了一声。

"好奇怪,对吧?"

"看在上帝的分上,别笑。我太难受了,我先前还以为没有比刚才已经发生的事情更糟的了,但是这个……她对我来说什么都不是,真的。如果我知道的话,根本不会去跟她瞎搞。他是一个人能够找到的最好的朋友,世界上任何东西都不可能让我去伤害他。他肯定觉得我是个畜生!他对我太好了。"

泪水溢出眼眶,慢慢淌下脸庞,他痛哭起来。

"生活太糟糕了。你开始一件事情,想都没想,然后居然要付出天大的代价。我觉得自己被诅咒了。"

他看着医生,嘴颤抖着,眼神痛苦沉重。桑德斯医生思索着他自己的感情。他从这年轻人的痛苦中略微得到了一些满足感,虽然他对自己的这种感觉不大满意,他有点觉得这个小伙子的痛苦是自找的,但同时又不可理喻地为他的痛苦感到遗憾。他看上去那么年轻,那么失魂落魄,医生不由得被打动了。

"你会挺过去的,你知道吧,"他说,"没有什么事情是挺不过去的。"

"我死了就好了。我老爸说我该死,一点用都没有,我打赌他说得太对了。我走到哪里都惹麻烦,我发誓那不完全是我的错。那个贱婊子。她为啥要招惹我？你能想象一个跟埃里克这样的人订了婚的女孩居然会同她见到的第一个男人上床吗？嗯，好在他也彻底摆脱了她。"

"你在胡说八道。"

"我也许是个混蛋，但是上帝，我还没有她那么坏。我以为我还会有另一个机会，现在全都完了。"

他犹豫了一会儿。

"你是否记得今天早上我收到的那份电报？它告诉我一个我不知道的消息。非常奇妙，我一开始还搞不明白怎么回事。有封信在巴塔维亚等着我，我现在去那里没问题了。开始很叫我吃惊，我不知道应该笑还是怎么办。电报说我在悉尼郊外的发热医院死于猩红热。后来我才意识到是什么意思。父亲在新南威尔士是个相当重要的人物，这一阵有严重的传染病，他们用我的名字把一个人紧急送往医院；他们必须解释为什么我这一阵没去上班什么的，那个家伙死了，我也就死了。我知道我老爸，他巴不得我滚蛋。嗯，家族的墓地里需要有个人舒舒服服地躺在那里。父亲是个组织能力很强的人，是他使他们的那个党一直掌权，如果可能的话，他不会随便冒险的，我猜只要我还活在世上，他就不会觉得安全。执政党又赢了大选，你明白吗？大获全胜。我可以看见他这会儿肘上正戴着个黑圈儿。"

他无情地笑了起来。桑德斯医生突然问了个问题。

"你做了什么？"

弗雷德转过头去。他回话的声音低沉、压抑。

"我杀了个人。"

"我是你的话,不会随便告诉别人。"医生说。

"你听了似乎很平静,你杀过人吗?"

"只跟职业有关。"

弗雷德迅速抬起头来,痛苦的嘴唇上勉强露出个笑容。

"你是个奇怪的家伙,医生。我琢磨不透你。别人跟你说话时,你似乎什么都不在乎。难道没有什么事情让你在乎吗?你什么都不相信吗?"

"你为什么要杀人?因为好玩?"

"好玩个鬼,我真是受够了。奇怪为什么没让我愁白头。你知道吧,我常常想着这件事情,我永远忘不了。我玩得高高兴兴时,也会突然想起来。我有时都害怕睡觉。我常常梦见被五花大绑,送去绞死。有好几次晚上没人时我都想直接溜进海里,就这么一直游直到淹死或者鲨鱼把我吃了。我得到那个电报,明白了那意味着什么,如果你知道我是怎么松了一口气就好了。老天,一块大石头落了地。我安全了。你知道吧,在船上我从来没觉得真正安全过,在任何地方上岸,我都怕有人会认出我来。我第一次看见你时,还以为你是个侦探,正在跟踪我。你知道今天早上睁开眼我想到的第一件事情是什么?'现在我终于可以放心睡个好觉了。'然后却发生了这件事。我说了我遭到了诅咒。"

"别胡说。"

"我该怎么办?我该去哪里?今天晚上我同那女孩搂着躺在一起时,我还想着,为什么我不娶她,在这里定居?那条船也可以派上用场,尼克尔斯可以乘你要乘的那条轮船回去,你可以帮我取那封在巴塔维亚的信件,我猜里面装着点钱。母亲会让老爸寄点钱给我的。我打算我跟埃里克,我们可以成为合作伙伴。"

"这个你现在没办法了,但还是可以娶路易丝。"

"我?"弗雷德喊道,"发生这件事情之后?我看见她就讨厌了。愿老天不让我再见到她。我绝不会原谅她,绝不,绝不。"

"那你打算怎么办?"

"天知道。我不知道,我不能回家了,我已经死了,埋葬在家族坟墓里。我想再见到悉尼,乔治街,你知道,还有曼利海湾。我在世界上没亲人了。我是个很好的会计,我本来可以在一家商店找个会计工作的,我不知道该去哪里了,我是条丧家狗。"

"如果我是你的话,第一件事情就是回到芬顿号上去试着睡一觉。你一塌糊涂了,你早上会脑子清醒一些。"

"我不能回到船上去,我恨死它了。你不知道有多少次我浑身冷汗醒来,心跳个不停,以为那些人打开我牢房的门,我知道绞索在等着我!现在埃里克又躺在那里,半个头都没了,上帝,我怎么睡得着?"

"那么,在那张椅子上蜷一会儿,我要上床去了。"

"谢谢,你睡吧,我抽支烟会妨碍你吗?"

"我给你打一针吧,你睁眼躺着没意义。"

医生找出注射器,给这小伙子打了一针吗啡,然后吹熄灯,钻进了蚊帐。

二十七

医生醒了,阿凯给他端来一杯茶。阿凯拉开蚊帐,打开遮阳板让日光照进来。医生的房间正对花园,杂乱的花园无人打理,棕榈树和一丛丛香蕉宽大的叶子上还闪着夜间的露珠,茂盛生长的肉桂有点七歪八倒,阳光透过,绿意清凉。医生抽了一支香烟,弗雷德躺在长椅上还在熟睡,他光滑无皱纹的脸庞那么平静,有种纯真无辜,医生心怀些许冷嘲热讽,却感受到了一种美。

"我要叫醒他吗?"阿凯问。

"等一下。"

他睡着之后是平静的,等醒来就会感到痛苦。一个奇怪的年轻人。谁会想到他居然如此容易被善良打动呢?尽管他没有意识到,尽管他只能把自己的感觉用笨拙愚蠢的话表达出来,但毫无疑问,丹麦人之所以打动他,引起令他尴尬的崇敬之心,令他觉得终于有个不一样的人,是因为丹麦人清楚持续地展现了简单明了的善意。你可以觉得埃里克有点荒谬,你也许会问自己他的头脑是否跟他的心灵处于同一水准,但毫无疑问,只有天知道究竟是大自然的什么偶然造化,才使他拥有了一种简单纯真的善良品质,特殊,绝对,具有一种美的性质,而那个平庸的年轻人,本来对通常形式的美没有感觉,竟然就被狂喜地打动了,好似一个神秘主义者可能会突然感到某种不可抗拒的与上帝的结合。埃里克拥有的是一种奇异的素质。

"这没有什么好处。"医生说，苦笑了一下，起了床。

他走到镜子前盯着自己看。他看着自己睡了一晚之后满头乱糟糟的白发，昨天刮过现在又长出来的白色的胡子茬。他咧开嘴看看自己长长的黄牙，眼睛下面有厚厚的眼袋，脸色发紫难看，感到一阵厌恶。他好奇为何所有造物中，只有人会老得这么难看变形。想到阿凯现在身材纤细，象牙一般俊美，有一天也会变成个枯瘦干瘪的华人小老头，弗雷德·布莱克这么健美笔挺，有一天也会变成个大肚子、红脸膛的秃头老汉，真是令人遗憾。医生刮了胡须洗了澡，然后叫醒了弗雷德。

"起来吧，小伙子，阿凯已经去看早餐怎么样了。"

弗雷德睁开眼睛，立刻清醒了，年轻人准备迎接新的一天，但是看看四周，想起自己是在什么地方，想起了其他事情，他的脸突然阴沉了下来。

"噢，打起精神，"医生不耐烦地说，"去冲洗一下吧。"

十分钟后，他们坐在一起用早餐，医生看见弗雷德胃口很好，并不觉得奇怪。他没有说话，桑德斯医生感到庆幸。经过昨晚那阵忙乱，他感到不大舒服。昨晚他对生活的思索尖酸刻薄，眼下他情愿把这些想法为自己留着。

他们吃完以后，经理前来，滔滔不绝地用荷兰语跟桑德斯医生说话，他知道医生听不懂，但还是一个劲地说着，尽管他的神情焦急沮丧，没有使他的话清楚明了，但他的手势还是多少能使人明白他的意思。他假装一点不懂这个混血儿说的是什么,然后,绝望之下,这矮个子离开了他们。

"他们发现了。"医生说。

"怎么发现的?"

"我不知道,我猜是家里的仆人进去给他送茶。"

"难道找不到人翻译吗?"

"我们很快就会听到的。别忘了,我俩什么都不知道。"

他们陷入了沉默。几分钟之后,经理同个荷兰官员来了,他穿着钉了铜纽扣的白色制服;他双腿并拢敬礼,说了一个听不明白的名字。他说的英语口音很重。

"很抱歉地告诉你们,一位名叫克里斯特森的丹麦商人开枪自杀了。"

"克里斯特森?"医生喊道,"那个高个子?"

他用眼睛余光看了看弗雷德。

"他的仆人一小时前发现的,我负责调查。毫无疑问是自杀,范戴克先生,"他指了指经理,"告诉我昨天晚上他来这里拜访过你。"

"的确如此。"

"他待了多久?"

"十分钟或者一刻钟。"

"他清醒吗?"

"非常清醒。"

"我从来没见他喝醉过。他说过什么话表示他想要自杀吗?"

"没有,他很快乐。我不大了解他,你知道,我三天以前才来这里,我在等待朱莉安娜公主号轮船。"

"是,我知道。那么你对这个悲剧没有什么解释?"

"恐怕没有。"

"我想知道的就这些。如果我还需要其他什么的话,我会让你知道的。也许你不在意到我办公室来。"他看了一眼弗雷德,"这位先生也不能告诉我们什么吗?"

"不能,"医生说,"他不在这里。我当时正在同停在港口的那艘船的船长打牌。"

"我见过那条船。我为那可怜的家伙感到遗憾,他是很安静的人,从来不惹麻烦,你不可能不喜欢他。我怕还是那老故事,不应该独自一人住在这个地方,会变得忧郁,想家,天气又热死人。然后有天他们终于忍受不下去了,就对着脑袋开了一枪。我以前见过,不止一次。有个女孩住在一起要好得多,几乎多花不了你什么钱,嗯,先生们,非常感谢。我不再占用你们的时间了。你们还没有去过俱乐部吧,我猜?我们会非常高兴见到你们,六七点钟到九点,你们会在那里见到岛上所有最重要的人物。是个快乐的地方,社交中心。好了,先生们。"

他又并拢脚跟敬了个礼,跟医生和弗雷德握了握手,步子有点沉重地走开了。

二十八

在这种热带国家,死了人不会放很久,很快就会埋葬,但这次先要验尸,直到接近日暮才安葬。只有埃里克的几位荷兰朋友,弗里斯、桑德斯医生、弗雷德·布莱克和尼克尔斯船长参加葬礼,这是船长最喜欢的事情。他从一位岛上结识的熟人那里借了一套黑色西服,衣服不大合身,因为原主人个子比他更高大,他不得不卷起衣袖和裤腿,但是相比其他穿着稀奇古怪的人,倒使他有了足够的尊严感。仪式上用的是荷兰语,尼克尔斯觉得有点不自在,他无法参与其中,但依旧风度翩翩;仪式结束之后,他同路德宗牧师、在场的两三位官员握手,好像他们是为他个人效劳,结果他们一时还以为他肯定是死者亲属。弗雷德哭了。

四位英国人一起走回去,他们来到港口。

"如果先生们愿意到芬顿号上来,"船长说,"我可以开一瓶波特酒。我今天早上恰好在一家店里看见的,我一直认为葬礼后喝一瓶波特酒正好。我的意思是,它不像啤酒或者威士忌,波特酒有种严肃的意味。"

"我从没想到过这个,"弗里斯说,"但是我有点明白你的意思。"

"我不去,"弗雷德说,"我很难受。我能跟你一起走吗,医生?"

"如果你愿意的话。"

"我们都难受，"尼克尔斯船长说，"所以我才建议喝瓶波特酒。那不会让你不难受，无论如何都不能，可能还会更难受，至少这是我的经验，但却意味着你能享受它，如果你明白我的意思，你能从中得到点什么，酒不会白喝的。"

"滚你的。"弗雷德说。

"来吧，弗里斯，如果你是我认识的那种人，你跟我可以不费力就喝下一瓶波特酒。"

"我们的生活退化了，"弗里斯说，"喝两瓶的人，喝三瓶的人，他们都像渡渡鸟那样灭绝了。"

"那是一种澳大利亚鸟。"尼克尔斯船长说。

"如果两个大男人喝不下一瓶波特酒，那我对人类就绝望了。巴比伦陷落了，陷落了。"

"的确。"尼克尔斯船长说。

他们坐上小艇，一个黑人划船送他们去芬顿号。医生和弗雷德慢慢走着，到了旅店以后，就进去了。

"我们去你的房间吧。"弗雷德说。

医生给自己倒了一杯威士忌加苏打，也给了弗雷德一杯。

"我们明天一大早启程。"小伙子说。

"是吗？你见过路易丝了？"

"没有。"

"你不去见她吗？"

"不去。"

桑德斯医生耸了耸肩，不关他什么事情。他们默不作声地喝酒抽烟，过了一阵子。

"我已经告诉过你很多事情，"小伙子终于说，"不如干脆把其他也全都告诉你吧。"

"我没那么好奇。"

"我很想告诉别人。有时我都忍不住想要告诉尼克尔斯。感谢上帝，我还没傻到那个程度。讹诈我再好不过的机会了。"

"他不是那种我会选择倾诉秘密的人。"

弗雷德嘲讽地笑了一声。

"不是我的错，真的，就是运气坏透了。这样的意外事件会毁了你一生，真是太他妈倒霉，太不公平了。我家地位很好，我在悉尼一家最好的事务所工作，最后我老爸会给我买个合作伙伴股份的。他很有影响，可以给我找到很好的生意做。我本来可以挣大钱，当然早晚我会结婚安定下来。我猜我会像父亲那样进入政界，如果说谁有机会的话，那这人就是我。看看我现在，没有家，没有名字，没有前途，只有腰包里的几百英镑，加上老爸寄到巴塔维亚的那些钱。世上一个朋友都没有。"

"你有青春，你受过一些教育，你长得也不难看。"

"就是这个让我好笑。如果我斜眼或者驼背，我就不会有事了。我现在会在悉尼。你不是个美男子，医生。"

"这个我知道，也认了。"

"也认了！你这辈子每天都该感谢你的好运气。"

桑德斯医生笑了笑。

"那不至于。"

但这傻小伙子却认真得不行。

"我不想让你认为我嘚瑟,上帝知道我没有什么可嘚瑟的。但是你知道,我总是能得到我想要的任何女孩,噢,几乎从还是个小孩子开始就这样了,我还以为好玩,毕竟你一辈子只能年轻一次。我不明白我为什么不能抓住机会快乐。你怪我吗?"

"不怪,只有那些从来没有机会的人才会怪你。"

"我从来没有特别费劲去得到她们,但是如果她们差不多是求着你,嗯,我不去得到我可以得到的,那我就是个傻瓜了。有时看见她们全都紧张不安,我都觉得好笑,常常要装着没注意到。她们会跟我发火,女孩子很有意思,你知道吧,最让她们光火的事情就是有人无动于衷。当然,我从不让它打扰我的工作;我不是个傻瓜,你知道,绝对不是,我想要出人头地。"

"你是独子?"

"不是,我有个哥哥。他跟父亲一起做生意,他已经结婚了。我还有个已经结婚的姐姐。

"嗯,去年的一个星期日,有个家伙带着老婆到我们家来玩一天。他叫哈德逊,是罗马天主教徒,在爱尔兰人和意大利人中间很有影响力。父亲说他对竞选举足轻重,他告诉母亲他会让大家感到自豪。他们来吃饭,总理也带着老婆来了,母亲做的饭够一支军队吃的了。吃完饭后父亲带他们去他的书房谈要紧事,我们其他人去花园里坐。我想去钓鱼,但是父亲说我必须待着,好好招待客人。母亲同达尼斯太太以前是同学。

"达尼斯太太是谁?"

"达尼斯是总理,他是澳大利亚最要紧的人物。"

"抱歉,我不知道。"

"她俩总是有很多话要说,她们试着对哈德逊太太客客气气,但是我看得出来她们不怎么喜欢她。她竭力对她们示好,称赞一切,讨好她们,但她越是费力气,她们就越不喜欢。最后,母亲问我是否可以带她看看花园,我们就走开了。她说的第一句话是'看在上帝的分上,给我一支烟'。我给她点烟时,她看了我一眼,她说:'你是个很好看的小伙子。''你觉得好看吗?'我说。'我猜别人也这样说过?'她说。'只有母亲说过。'我说。'我觉得也许她偏心。'她问我是否喜欢跳舞,我说是的,她说她第二天会去'澳大利亚人'喝茶,我下班后是否愿意去,我们可以一起跳舞。我不是太有兴趣,所以就说我不行;然后她又说:'周二或者周三怎么样?'我不好意思说我两天都没空,所以就说周二没问题;他们都走了以后,我告诉了父母亲,她不怎么喜欢这个主意,但是父亲非常赞成。他说我们彼此太冷淡,让他不好办。'我不喜欢她一个劲地盯着他看的样子。'母亲说,但是父亲告诉她别这么傻。'喂,她的年龄足够做他母亲了,'他说,'她多大年纪?'母亲说:'她早过四十了。'

"她没有什么好看的,瘦得像根竹竿,脖子皮肤打皱,个子蛮高,瘦削的马脸,脸庞下陷,肤色黄黄的,全都是一个颜色,很粗糙;如果你明白我意思的话;而且似乎从来也不好好打理头发;看上去好像随时会搭下来;她还会留一绺头发搭在耳朵上或者前额上。我喜欢女人头发整整齐齐,你呢? 她的头发是黑色的,很像吉卜赛人的,她有巨大的黑眼睛，这是她脸上最吸引人的地方，你跟她说话时，基本上看不到其他。她看上去不像英国人，像个外国人，匈牙利人或者什么的。她身上没有任何吸引人的地方。

"嗯，我周二去了。她知道怎么跳舞，这个你必须承认。你知道，我相当喜欢跳舞，我没有想到会玩得很开心。她话很多，如果不是有几个朋友也在的话，我本来会很高兴的。我知道他们会拿我寻开心，因为我同个那样的吉卜赛老女人跳了一下午。跳舞有各种方式，我用不了多久就知道了她打的是什么主意。我忍不住要笑，可怜的老母牛，我想，如果这能让她高兴，嗯，那就让她高兴吧。有天晚上她约我跟她一起去看电影，她丈夫要去开会。我说行，我们就这样约会了。看电影时我拉着她的手，我觉得这会让她高兴，对我也没什么害处，后来她说，我们走吧。那时我们已经彼此相当友好了；她对我的工作感兴趣，她想知道我家里的事情。我们谈到了赛马，我告诉她我最喜欢的事情就是自己骑上一匹赛马。她在暗处看上去不那么难看了，我吻了她。嗯，最后就是我们去了个我知道的地方，我们纠缠了一阵。我是出于礼貌而不是其他原因才这样做的。我以为这就算结束了。一点不。她对我着了迷，她说她对我一见钟情，我不在乎告诉你，一开始我还的确有点得意。她还是有点意思的，那双闪亮的大眼睛，有时候那种吉卜赛人的样子，会让我觉得好笑，我不知道，那很不同寻常，会让你忘乎所以，你都不相信你还安安稳稳地待在熟悉的悉尼；就好像生活在虚无主义者和大公爵什么的年代。老天，她很热辣，我还以为我懂得一两手呢，但是等她一上手，我发现我什么都不知道。我不挑剔，但是真的，有时候她叫我恶心。她很自豪,她总是说,爱过她以后,其他女人就会像盘冷羊肉那么乏味。

"我不由得有点喜欢这样,但是你知道,我觉得不自在,你不会喜欢一个完全不知羞耻的女人,再说也没办法满足她。她逼我每天见面,她给我办公室打电话,给家里打电话。我告诉她看在上帝的分上小心点;她毕竟还有个丈夫要提防,我还有父亲和母亲,父亲哪怕有一点点怀疑事情不对头的话,也肯定会把我送到个牧场上去,但是她说她不在乎。她说如果我被送到牧场上去,她也会跟着一起去。她似乎不在乎冒险,如果不是我的话,一个星期之内全悉尼都会知道了。她会打电话给母亲,问我是否能去她那里吃饭,凑四个人打桥牌,我去了之后,她会在她丈夫眼皮底下跟我调情。看见我害怕,她头都笑掉了。这让她兴奋。帕特·哈德逊把我看作个孩子;他从来不怎么注意我,他喜欢桥牌,非常高兴告诉我所有关于桥牌的事情。我不讨厌他,他是个粗人,也相当能喝酒,但聪明起来有他自己的方式。他有野心,他喜欢我在那里,因为我是父亲的儿子。他很愿意站在父亲一边,但也希望从中为他自己捞到可观的好处。

"我有点厌烦了,我不能自己做主,而她又特别喜欢吃醋。如果我们在什么地方,我恰好看了某个女孩一眼,那就会是'她是谁?你为什么那样看她?你跟她好过吗?'如果我说我从来没跟她说过话,她会说我他妈的撒谎。我觉得我要悠着点,我不能突然甩了她,怕她会拿把刀杀了我。她只要动动小指头,哈德逊就会听她使唤,我知道如果他在选举时耍点坏心眼,父亲不会很高兴的。她想让我同她出去时,我开始说我上班很忙,或者要待在家里,我告诉她母亲起疑心了,我们应该小心点。她像把刀子那么尖锐,不相信我说的一个字。她跟我大吵大闹,说实话,我有点害怕了。我从来没见过这样的人。我玩过的大多数女孩——嗯,她们也知道只是好玩,像我一样,事情自然而然地结束,没有任何吵闹麻烦。你会以为等她猜到我厌烦了,她的自尊心会让她不会赖着我。但是不,正好相反。你知道吗,她当真想要跟我私奔,跑到美国或者什么地方去,我们可以结婚。似乎她从来没想过自己比我大二十岁。这简直太可笑了。我只好推说那不可能,因为选举,知道吧,而且我们没办法生活下去。她绝对不可理喻,她说,选举关我们什么事情,任何人在美国都活得下去,她说;她可以上台演戏,她肯定自己可以得到一个角色。她似乎觉得自己还是个女孩。她问我如果不是有她丈夫,我是否会跟她结婚,我只好说会的。她那样会吵闹,我只好什么都答应。你不知道她让我过的什么日子。但愿上帝从来没让我见过她。我担心得要命,不知道该怎么办。我有点想告诉母亲,但我知道会让她非常烦恼。她从来不让我独自待一分钟。有次她到办公室来了,我必须对她彬彬有礼,装作没事一般,因为我知道她会在任何人面前吵闹,但是后来我告诉她,如果她再这么做,我就绝不会再理她。然后她开始在外面的街道上堵我。老天,我真想扭断她的脖子。父亲通常坐车回家,我总是走到他的办公室去接他。她执意要同我一起走去。到最后事情变得太糟糕了,我没办法再忍受下去;我不在乎会怎么样,我告诉她我厌倦厌恶这一切,必须结束了。

"我打定主意要这么说,而且果真说了。上帝,好可怕。是在她家里,他们有幢简易小房屋,俯视港口,在一个悬崖边上,离得很远,我特地在下午上班的时候离开办公室,她尖叫哭泣,她说她爱我,没有我活不下去什么的。她说她一切都会照我喜欢的做,以后她不会打扰我,她会完全不一样。她答应各种各样的事情,天知道还有什么她没说。然后她大发脾气,诅咒我,把世上所有骂人话都找来骂了我一遍。她朝我扑过来,我必须抓住她的手,否则她会把我的眼珠挖出来。她像个疯婆子。然后她说要自杀,想要跑出房子。我以为她会跳崖什么的,用力抱住她。她乱踢乱打,然后跪在地上想要亲我的手,我推开她,她倒在地上哭了又哭,我抓住这个机会逃了出去。

"我刚到家她就打了电话来,我懒得理她,挂了电话。她打了又打,幸运的是母亲出门了,我没接电话。第二天早上有封信在办公室等着我,整整十页,你知道这种事情;我没搭理;我肯定不会回信。一点钟我出去吃饭时,她就在门口等着我,但是我径直走了过去,尽量快走,在人群里甩掉了她。我猜回去时她可能还会在那里,就同办公室的一个同事走在一起,他也在同一个地方吃午餐。她果然在那里,但我装着没看见她,她也害怕说话。晚上我找到了另一个同事一起出门,她还在那里。我猜她一直在那里等着,唯恐我溜出去。你不知道,她居然有胆子一直走到我面前,扮出一副社交场合的面孔。

"'你好吗,弗雷德?'她说,'运气真好居然遇见你,我有个口信要带给你父亲。'

"同事走了,我没来得及拦住他,我被堵住了。

"'你要干什么?'我问。

"我满肚子火气。

"'噢,老天,别这样跟我说话,'她说,'可怜可怜我,我太难受了,我脑子糊涂了。'

"'我很抱歉,'我说,'我没办法。'

"然后她哭了起来,就在路中央,身边来来往往的人。我简直想杀了她。

"'弗雷德,没用的,'她说,'你不能甩了我,你是我在世上的一切。'

"'噢,别这么蠢,'我说,'你是个老女人,我几乎还是个孩子,你应该感到羞耻才是。'

"'那有什么关系?'她说,'我全心全意爱你。'

"'嗯,我不爱你,'我说,'我看见你就讨厌,我告诉你结束了,看在上帝的分上,别来烦我。'

"'我没有办法让你爱我吗?'她说。

"'没有,'我说,'我厌烦了。'

"'那我就去自杀。'她说。

"'那是你的事情。'我说,我赶紧走开了,她没来得及拦住我。

"但是虽然我嘴上这样说,好像我半点也不在乎,但我心里并不轻松。人家说威胁要自杀的人从来不会真的自杀,但她跟别人不一样。实际上她是个疯女人,可以干出任何事情。她会跑到我家来在花园里开枪自杀,她也会服毒,留下一封可怕的遗书,她可能会胡乱指责我,你知道,我不光要考虑自己,还要考虑父亲。如果我纠缠在这样的事情里面,那可能会严重伤害他,尤其是那个时候。如果你让自己成了傻瓜，他不会随便放过你的。我可以告诉你那天晚上我没怎么合眼，我担心得要死，如果我早上发现她还在办公室外面的大街上徘徊，我会气死，但是在某种程度上我也会松一口气。她不在，也没有给我的信。我开始有点害怕了，我费了很大劲才没有打电话去问她是否没事。晚报来时，我赶紧抓在手里。帕特·哈德逊是个有名的人物，如果她出了什么事的话，肯定会有很多报道。但是什么都没有。那一天什么事情都没有，没有她的影子，没有电话留言，没有信，报纸上什么都没有，第二天、第三天，都是这样。我开始觉得没事了，我摆脱了她。我得出的结论全是吓人的。噢，上帝啊，真是谢天谢地！但是我得了个教训，我打定主意以后他妈的一定要小心。再也不要中年妇女，搞得我无比紧张不安，筋疲力尽。你想象不到我是多么地松了一口气。我不想装得比我本人更好，但我还是有点为人处世的原则，那个女人真是超极限。我知道这听上去很傻，但有时候她简直叫我害怕。我只不过想找点乐子，但是去他妈的，我不想搞得自己像个畜生一样。"

桑德斯医生没有吭气。他完全明白小伙子的意思，他这样不管不顾的热血青年，有着年轻人的冷漠无情，能享乐就享乐，但年轻不仅意味着冷漠，也意味着处事低调，这位久经世故的女人毫无节制的激情激怒了他的本能。

"大约十天以后，我收到她的一封信。信封是用打字机打的，否则我就不会拆开了。但信写得相当理智，开始是'亲爱的弗雷德'。她说非常抱歉她在我面前那样吵闹，她觉得自己肯定是疯了，但是她花了时间平静下来，她不想让自己讨人厌。她说全是因为自己神经紧张,也不该同我太当真了。现在一切都正常了,她不记我的仇,她说我不应该怪她,因为我也有错,谁让我长得那么好看呢?然后她又说她第二天就启程去新西兰,会离开三个月。她找了个医生,说她需要换个环境,然后她说帕特那天晚上会去纽卡斯尔,我能否去几分钟跟她道个别。她郑重其事地向我保证她不会找麻烦,全都过去了,结束了,但是不知怎的帕特听到了一点风声,没什么要紧的,但万一他问起来,最好我还是同她口径一致。她希望我能够去,因为尽管我没事情,我绝对是安全的,但是她可能会有点尴尬,如果可能的话,她当然绝不想惹上什么麻烦。

"我知道哈德逊的确要去纽卡斯尔,因为我老爸那天早餐时大致说了一下。那封信绝对正常,她有时写字很潦草,你几乎都认不出来,但是她如果想的话,也可以写得很漂亮,我看得出来她写这封信时,是非常镇静的。她说的有关帕特的话让我有点焦虑,她固执地不避风险,尽管我一直提醒她。如果他听到什么的话,的确最好还是我们彼此圆谎,预先提醒就相当于预先准备,对吧?所以我给她打了个电话,说我大概六点左右到那里。她在电话里听上去那么随和,几乎让我吃了一惊。听上去她根本不怎么在乎我去还是不去。

"我到那里时,她跟我握了握手,好像我们只是一般的朋友。她问我是否要喝茶,我说来之前喝过了。她说她不会让我多待一分钟,因为她要去看电影。她着实打扮了一番,我问她帕特怎么回事,她说并不重要,只是他听说我同她一起去看过电影,不怎么高兴。她说只是巧合而已。有次我看见她自己一个人,就走过去坐在她身边,另一次我在影院前厅遇见她,因为她一个人,我为她付钱买了票,我们一起进去的。她说她觉得帕特不会提到这些,但是如果他问起,她希望我说的能对上号。我当然说行。她提到了他打听的那两次,让我知道。然后她开始谈起自己的旅行,她熟知新西兰,开始谈到新西兰。我从来没有去过,听上去不错。她会住在朋友家里,她告诉我有关朋友的事情,让我笑了起来。她如果愿意的话,可以表现得很好。她脾气好的时候,是个非常好的伴,这个我必须承认,我根本没有意识到时间过得很快。我刚开始认识她的时候,她就是这个样子。最后,她站起来,说她要走了。我猜我在那里待了大概半小时,也许三刻钟。

"'你吻我一下道别,不会真的对你有什么害处,对吧?'她说。

"她玩笑一般地说,我笑了。

"'不,我猜不会的。'我说。

"我俯身吻了她。或者说是她吻了我。她双手搂着我的脖子,我想脱身,她不肯放手。她像根藤条那样缠着我。然后她说,她明天就要走了,我不能再要她一次吗?我说,她必须答应不会找麻烦,她说她并不打算这样,但是看见我,她不由自主,她发誓说那是最后一次了,毕竟她要走了,再来一次没有什么关系。她一直吻着我,抚摸我的脸。她说她一点不怪我,她只是个傻女人,我不能对她好一点吗?嗯,一切都很顺利,她似乎接受了现状,我大大松了一口气;我不想那么粗鲁,如果不是因为她要走,我怎么样也会拒绝的,但是既然她要走,我想那还不如让她高高兴兴地走。

"'那好,'我说,'我们上楼去吧。'

"那是一个二层楼的小房子,卧室和客房在一楼。这些年人们在悉尼建造了很多这样的房子。

"'不,'她说,'到处都乱糟糟的。'

"她拉着我倒向沙发,是那种切斯特菲尔德沙发,两人搂抱在一起地方绰绰有余。

"'我爱你,我爱你。'她一直说。

"突然,门打开了。我跳了起来,看见了哈德逊。有一分钟,他像我一样吃惊,然后他对我大喊大叫,我听不明白他说什么,只是躲开了。他挥起拳头,但我躲开了;我脚步很快,我还练过拳击;然后他就直撞了过来。我们扭打在一起,他是个健壮的大个子,比我个子还大,但我也很强壮。他想压倒我,但我尽量不让他得手。我们满屋子扭打,他时不时打我一拳,我也打回去。有一次我挣脱了,但是他像头公牛那样朝我冲撞过来,我跌跌撞撞,我们碰倒了桌椅板凳,打得不可开交。我再次想摆脱他,但是办不到。他想要压倒我,我很快就发现他比我强壮得多。但我更灵活,他还穿着外套,我除了背心,什么也没穿。然后他压倒了我;我不知道是我滑了一下,还是他逼倒了我,但我们像两个疯子一样在地上打滚。他骑在我身上开始打我的脸;我没有办法,我只能用手挡着脸,突然,我觉得他要杀了我。上帝,我好怕,我竭尽全力挣脱了,但他骑在我身上,像一道闪电。我觉得没有力气了;他的膝盖压着我的气管,我知道我会呛死,我想喊叫,但是喊不出来。我摊开右手,突然感到有把枪放在了我手里;我发誓我不知道自己在干什么,全都发生在一瞬间,我弯起手臂,开了枪。他喊叫了一声,朝后一仰。我又开了一枪,他大声呻吟了一下,从我身上滚下来翻到了地板上,我挣脱开,跳了起来。

"我抖得像一片树叶。"

弗雷德倒在椅子上,闭上了眼睛,桑德斯医生以为他会昏倒,他像张纸那么惨白,额头上布满豆大的汗珠。他深深地吸了口气。

"我一片茫然,我看见弗洛丽跪下来,虽然你不会相信,但我注意到她很小心翼翼,不让自己沾上一点血迹。她摸摸他的脉搏,然后抹下他的眼皮。她站了起来。

"'我猜没事了,'她说,'他死了。'她古怪地看了我一眼。'否则我们要打发他还不容易呢。'

"我吓住了。我猜我有点魂不守舍,否则不会说出那么蠢的话。

"'我以为他在纽卡斯尔。'我说。

"'没有,他没有去,'她说,'他接到了一个电话留言。'

"'什么电话留言?'我说。不知为何我听不懂她在说什么。'谁的留言?'

"你知道她几乎笑了起来。

"'我留的。'她说。

"'为什么?'我说。然后我突然醒悟了。'你不会要说这是设计好了的吧?'

"'别傻了,'她说,'你现在要做的就是保持冷静。你回家安静地跟家里人一起吃饭,我去看电影,像先前说过的那样。'

"'你疯了。'我说。

"'不,我没疯,'她说,'我知道我在干什么,你照我说的去做,就会没事的。你就像个没事人一样,一切让我来就行了。别忘记如

果被发现,你会被绞死。'

"她这么一说,我大概是吓得魂飞魄散,因为她笑了起来。上帝,这个女人的胆子太大了!

"'你没有什么可怕的,'她说,'我不会让他们动你一根头发的,你是我的财产,我知道如何照看自己的东西。我爱你,我要你,等这一切都过去,被忘记了,我们就结婚。你这个傻瓜居然以为我会放弃你。'

"我发誓我觉得血管里的血都凉了。我中了圈套,没有办法挣脱出去。我盯着她,一句话都说不出来。我永远不会忘记她脸上的表情,突然,她看看我的背心,我身上只穿了这个和内裤。

"'噢,看!'她说。

"我看看自己,看见一边浸透了鲜血,我正准备去碰,我不知道为什么,然后她抓住了我的手。

"'别动,'她说,'等一下。'

"她拿了张报纸,开始擦起来。

"'低下头,'她说,'我来擦干净。'

"我低下头,她使劲擦干净了。

"'你还有哪里有血吗?'她说,'你运气太好了,没有穿着长裤。'

"我的内裤没问题,我赶紧穿好衣服,她拿走了背心。

"'我把它烧了,把纸也烧了,'她说,'我厨房里有火,今天是我洗衣服的日子。'

"我看看哈德逊,他当然死了,看到他我想吐。地毯上一大摊血。

"'你好了吗?'她说。

"'好了。'我说。

"她同我一起来到走廊,就在开门前,她双手搂着我的脖子,死命吻我,好像要活活吃了我一样。

"'我亲爱的,'她说,'亲爱的,亲爱的。'

"她打开门,我溜了出去。漆黑一片。

"我好像走在梦里,我走得很快,事实上我拼命忍着才没跑起来。我尽量压低帽子,竖起衣领,但我几乎没遇见任何人,也没有谁会认得出我来。我绕了一大圈,按她说的那样,然后在切斯特大道乘上了电车。

"我到家时他们正好要坐下吃饭,我们总是很晚吃饭,我跑上楼去洗手。我看看镜子,你知道吧,我简直惊呆了,因为我看上去跟平常一模一样。但是等我坐下来,母亲说,'累了,弗雷德?你看上去脸色惨白',我像只火鸡那样红了脸。我没有吃下很多,幸运的是我没必要说很多话,只有我们自己时我们从来话不多,晚饭后父亲开始读一些报告,母亲看看晚报。我觉得糟透了。"

"等一下,"医生说,"你刚才说你突然感到手上有支枪,我不大明白。"

"是弗洛丽放的。"

"她哪里来的手枪?"

"我怎么知道?他在我身上时她从他口袋里拿出来的,或者她已经有了。我只是出于自卫才开枪的。"

"接着说吧。"

"突然,母亲说:'怎么一回事,弗雷德?'她的话出乎意料之外,声音如此温柔,彻底击倒了我。我想要控制住自己;但是不行,结果哭出了声。'喂,这是怎么啦?'父亲说。母亲抱着我轻轻摇着,好像我还是个婴儿。她不停问我怎么一回事,一开始我不肯说,最后我必须说了。我打起精神,把整个事情和盘托出。母亲非常难受,哭了起来,但是父亲叫她止住声。她开始责骂我,但是父亲也不让她说。'这些现在都没有意义了。'他说。他脸色铁青,如果他说一句话大地就会裂开个口子把我给吞了,他肯定会说的。我告诉了他们所有的事情,父亲曾经说过一个罪犯唯一的机会就是对他的律师绝对坦白,律师除非知道每一个细节,否则没办法帮忙。

"我说完了,母亲和我看着父亲。我说话时他一直盯着我,但是现在他低下了头。你看得出来他在死命动脑子。你知道,父亲在某些方面是个不同寻常的人,他总是对文化非常感兴趣,他是美术馆的理事之一,他也参加了组织举办交响音乐会的委员会等等。他很有绅士派头,不大说话,母亲总是说他看上去像个大人物。他总是很温和,和蔼可亲,彬彬有礼,你觉得他连一只苍蝇都不会伤害。他实际上也是跟表面看上去一样的人,但还有更多。毕竟他拥有悉尼最大的律师事务所,关于为人处世没有他不知道的事情。当然他很受尊重,但大家都知道同他耍手腕没有好处。在政界也是一样。他掌管政党,达尼斯什么事情都要找他商量。如果他想的话,自己就可以当总理,但是他不想,他只要自己在政府里面,在幕后掌管一切就心满意足了。

"'你不能太怪这孩子了,吉姆。'母亲说。

"他不耐烦地动了动手,我几乎觉得他根本就没在想我,这让我脊背一阵发冷。他终于说话了。

"'看上去很像是这两个人做的局,'他说,'哈德逊最近有点难对付,如果其中有些讹诈成分,我也不会觉得惊奇。但是她最终骗了他。'

"'弗雷德该怎么办?'母亲说。

"父亲看看我。你知道,他看上去像平时一样温和,语调听上去也一样和气。'如果他被抓住了,就会被绞死。'他说。母亲尖叫了一声,父亲皱皱眉。'哦,我不会让他被绞死的,'他说,'别害怕,他现在就可以出去一枪打死自己,免得被绞死。''吉姆,你想要我的命吗?'母亲说。'不幸的是,这帮不了我们什么忙,'他说。'什么?'我问。'你开枪自杀也没用。'他说,'必须把这件事情压下来,我们经不起丑闻。大选会竞争激烈,如果我不参选,再加上这件事情,我们不会有什么机会。''父亲,我太抱歉了。'我说。'这个我不怀疑,'他说,'傻瓜和无赖要承担行为的后果时,通常都会感到抱歉的。'

"我们都沉默了一会儿,然后我说。'我觉得也许最好的办法还是我去开枪自杀。''别这么蠢,'他说,'那只会把事情搞得更糟。你以为那些报纸是傻瓜,不会把两件事情联系起来?别说话,让我想想。'我们像哑巴一样坐着。母亲握着我的手。'还有那个女人要对付。'他终于说,'我们都在她的掌握中了,让她当个儿媳妇也不错。'母亲一声也不敢吭。父亲靠在椅背上,架起了腿,眼睛中有了一点笑容。'幸运的是我们居住在世界上最民主的国家里,'他说,'没谁不腐败。'他喜欢这样说。他看了我们一两分钟,当他打定主意要做一件事情,而且想要做好时,他有种伸出下颏的方式,母亲跟我都很熟悉。'我猜明天就会见报,'他说,'我要去见哈德逊太太。我猜我知道她会说什么。如果她坚持自己的说法,除非有意外,我觉得没人可以证明任何事情。在我看来她肯定已经全都盘算好了。警察会询问她,但是我要确定没有我在场,警察不能询问她。''弗雷德怎么办?'母亲问。父亲又微笑了,你敢肯定他冷静得像一块冰。'弗雷德去睡觉,一直待在床上,'他说,'谢天谢地现在有很多猩红热病人,实际上正在到处传染;明天或者后天我们送他去发热医院。''但是为什么?'母亲问。'那有什么用?''我亲爱的,'父亲说,'让一个人安安稳稳地躲几个星期,这是最好的办法了。''但是假如他真的传染上了呢?'母亲说。'那就是上天的意思了。'他说。

"第二天早上父亲给我老板打电话,说我发烧,看上去不妙。他让我卧床,已经去找医生了。医生的确来了,他是我舅舅,母亲的哥哥,我一生下来就是他给我看病。他说他不能肯定,看上去像是猩红热,但是他要等病状明显之后才送我去医院。母亲告诉厨师和女仆不要靠近我,她会亲自服侍我。

"晚报上全是谋杀的消息。哈德逊太太自己去看了场电影,她回家进了起居室,发现了丈夫的尸体。他们没有仆人。你不知道悉尼,他们的房子是当时正在开发地段的一个小别墅;自成一体,邻居的房子在二三十英尺之外。弗洛丽不认识邻居,但她还是跑去拍门,直到他们开了门。他们已经上床睡了。她告诉他们她丈夫被杀了,请他们赶紧过来;他们跑过来,他躺在地上像一摊泥。那家的男人过了一阵才想起来该打电话报警。哈德逊太太已经歇斯底里了,她扑在丈夫身上又哭又喊,他们只能把她拖开。

"然后是记者找到的所有的细节。法医认为人死了两三个小时,奇怪的是,他是被自己的手枪打死的,但法医当场就否定了有自杀的可能。哈德逊太太镇静下来之后,告诉警察那天晚上她在电影院,她包里还有票根,她还跟两个熟人说过话。她解释说那天晚上她去看电影,是因为丈夫打算去纽卡斯尔,但是他六点不到回家来告诉她不去了。她说她在家陪他,给他做晚饭,但他还是叫她照样去看电影,有人有要紧事会来拜访他,他不想被打扰。她出去了,这是她最后一次见到活着的他。房间里有激烈打斗的迹象,哈德逊显然拼了命要活下来,房间没有失窃任何东西,警察和记者立刻得出结论,罪行同政治有关。悉尼人政治热情很高,人们知道帕特·哈德逊与一些非常强硬的人物混在一起,树敌很多。警方正在着手调查,要求公众报告警方,如果他们曾经见过面目可疑的人,很可能是个意大利人,在附近一带或者在有轨电车上,看上去像刚经过一番扭打的样子。两天之后,一辆救护车开到我家,把我送去了医院。他们让我在那里待了三四天,然后悄悄把我送出去,带到等待着我的芬顿号上。"

"但是那个电报,"医生说,"他们怎么弄到死亡证明的呢?"

"我跟你一样不清楚,我一直琢磨着是怎么回事。我进医院时用的不是真名,他们让我叫自己布莱克。我一直自问是否有个人没有进医院,当时他们在报纸上尽量装作没有传染病在流行,但的确有,医院挤满了病人,护士忙得不可开交,混乱一片。显然有人死了,代替我埋了。父亲很聪明,你知道,他什么都干得出来。"

"我可能会愿意见见你父亲。"桑德斯医生说。

"我想到也许人们起疑心了。毕竟人们见过我们在一起,他们可能会开始问问题。我猜警察肯定会调查得很彻底,我敢说父亲觉得还是让我死了更安全。我猜很多人向他表示了悼念。"

"也许这就是为什么她上吊自杀了。"医生说。

弗雷德吓得跳了起来。

"你怎么知道的?"

"我在埃里克·克里斯特森带到弗里斯家来的报纸上看到的。"

"你知道那跟我有关系吗?"

"没有,直到你开始告诉我。然后我才记起来那个名字。"

"我看到的时候,非常难过。"

"你觉得她为什么要这样做?"

"报上说闲言碎语让她感到焦虑,我觉得父亲必须报复她一下才会觉得满意。你知道,我觉得让他愤怒的是她居然会想要嫁到他家来。他告诉她我死了的时候,肯定得意得不行。她很可怕,我痛恨她,但是上帝,她这样做肯定是因为爱我。"弗雷德犹豫了一下,"父亲知道整个故事,我觉得他肯定会告诉她,我死前坦白了,警察会来把她抓起来。"

桑德斯医生慢慢点了点头。在他看来这办法很漂亮,他唯一好奇的是为何那个女人要用这种可怕的方式自杀。当然,似乎她急着要自杀,弗雷德的怀疑似乎很有道理。

"总而言之,她解脱了,"弗雷德说,"我还要活下去。"

"你肯定不会为她感到遗憾吧?"

"为她感到遗憾?她毁了我的生活,最糟糕的是整个事情的发生都在于巧合。我从来没打算跟她好,如果我知道她会这么当真,我碰都不会碰她一下。如果那个周日父亲让我出去钓鱼,我甚至都不会遇见她。我不知道会怎么样,但至少绝不会到这个该死的岛上来。似乎我走到哪里就把霉运带到哪里。"

"你应该泼点盐酸毁容才是,"医生说,"你的确是公众危险人物。"

"噢,别嘲笑我。我这么难过,我从来没像喜欢埃里克这样喜欢过任何人,因为他的死,我不会原谅自己。"

"不要以为他是因为你才自杀的,你同这件事没什么太大的关系。除非我错得离谱,他自杀,是因为他受到了惊吓,无法忍受发现他先前认为具有世上一切超凡脱俗的美德和品质的人,结果也不过是个凡人而已。是他发疯了,做个理想主义者最糟糕的地方就在于此;你不肯承认别人本来是什么人。基督不是说过吗,'原谅他们,因为他们不知道自己在做什么'。"

弗雷德盯着他,双眼迷茫无神。

"但你并不是虔诚的教徒,对吧?"

"明白事理的人全都信仰一种宗教,什么宗教呢?明白事理的人从来不会说。"

"我父亲不会这样说。他会说明白事理的人不会特地去冒犯别人,他会说,去教堂看上去很得体,你必须尊重你邻居的偏见。他会说,如果你能够很舒服地坐在围栏上,为什么要翻过围栏去呢?尼克尔斯跟我都聊过这些,你不会相信,但是他谈起宗教来可以一说就是几个小时。好玩,我从来没见过比他更卑鄙的坏蛋,没见过谁比他更不知道什么叫为人正派,但是他却真心相信上帝,还有地狱,但是他从来没想过自己可能会去那里。别人会下地狱因为罪孽而受苦,他妈的活该,但他是个体面人,他没事,如果他对朋友耍了个肮脏的诡计,那一点都没关系;任何人在同样的情况下都会那样做的,上帝不会因此怪罪他。一开始我还以为他就是个伪君子,但他不是。事情怪就怪在这里。"

"你不该为这个生气,言行不符是生活中最有趣的现象之一。"

"你袖手旁观当然可以笑,但我是从本质看问题,我是一条失去了航向的船。这到底是怎么回事?我们怎么会在这里?我们要去哪里?我们能做什么?"

"我亲爱的小伙子,你不能指望我来回答,对吧?自从人类在原始森林中萌发了一点点智力以来,就一直在问这些问题。"

"你相信什么?"

"你真的想知道?我什么都不相信,除了我自己和我的阅历。世界由我和我的思想还有我的感情构成;其他都只不过是幻想。生活是一场梦,我在梦中创造出眼前的物体,所有可知的东西,所有可触摸的物体,都是我心中的概念,没有我的心智就不存在。没有可能也没有必要假设我之外的任何事情,梦想跟现实是同一样东西,生活是场前后连贯一致的梦,当我不再做梦时,世界,连同它的美,它的痛苦和悲哀,它难以想象的变幻莫测,也一起终止了。"

"但是这叫人难以置信。"弗雷德喊道。

"但是我没有理由不相信是这么回事。"医生笑着说。

"嗯,我不想被当成个傻瓜。如果生活不能满足我的需求,那对我就没有什么用,只不过是乏味愚蠢的游戏,袖手旁观只是浪费时间。"

医生目光闪烁,那张丑陋的小脸笑出了皱纹。

"噢,我亲爱的小伙子,你说的全是些什么废话啊。青春,青春!你在这个世界上还是个陌生人,不久,像个荒岛上的人一样,你就要学会尽量利用能得到的,得不到也要好好生活下去。只需要一点常识,一点宽容,一点好脾气,你就会知道自己在这个地球上能够过得多么舒服。"

"放弃使生活富有价值的一切,像你这样。我想要生活公平,我想要生活勇敢诚实,我想要人们体面正直,事情最后皆大欢喜。这肯定不算要求太高,对吧?"

"我不知道。这要求超过了生活所能给予的。"

"你不在乎吗?"

"不怎么在乎。"

"你在沟里打滚也心满意足。"

"我观看沟里其他造物的荒唐行为,也能得到某种快乐。"

弗雷德生气地耸耸肩,叹了口气。

"你什么都不相信,你不敬仰任何人。你指望大家都坏,你自己是个拴在轮椅上的残疾,还以为别人会走会跑是胡说八道。"

"恐怕你不怎么赞成我这个人。"医生温和地说。

"你失去了心灵、希望、信仰和敬畏,你到底还有什么剩下?"

"与世无争。"

年轻人跳了起来。

"与世无争?那是失败者的借口,留着你的与世无争吧,我不想要。我不准备接受罪恶、丑陋和不公平,我不愿意袖手旁观好人受到惩罚,坏人逍遥法外。如果生活意味着美德遭到践踏,诚实受到嘲讽,美受到玷污,那就让生活见鬼去吧。"

"我亲爱的小伙子,你必须接受生活现实。"

"我厌倦了生活现实,让我充满恐惧。我要不就按照自己的想法过一辈子,要不就干脆不过。"

瞎吹牛。这小伙子精神紧张,焦急不安,这也很自然。桑德斯医生毫不怀疑再过个一两天,他就会更加理智一些。他的答复就是特意遏制这种夸夸其谈的。

"你是否读到过人家说,笑是诸神唯一赐予人类,而没有让其他野兽分享的东西?"

"你这话什么意思?"弗雷德阴沉着脸说。

"正是因为总是意识到事物可笑之处,我才变得与世无争。"

"那就笑吧,笑掉你的头。"

"只要我能够笑,"医生回答,好脾气地看着他,"老天也许会摧毁我,但我立于不败之地。"

夸夸其谈?也许吧。

如果不是此刻有人敲门的话,这场谈话可能会没完没了。

"是什么鬼人?"弗雷德恼火地说。

一个只会说一点英语的仆役进来说有人要见弗雷德,但他们不明白是谁。弗雷德耸耸肩,正准备出去,突然想起来什么,停住了脚步。

"是男人还是女人?"

他用不同的方式重复了两三次,仆役才弄明白他的意思。然后,他得意自己很聪明,脸上绽出了笑容,回答说是个女人。

"路易丝。"弗雷德果断地摇摇头,"你就说,老爷病了,不见。"

仆役明白了,退了下去。

"你最好还是见见她。"医生说。

"绝不。埃里克当得十个她。他对我来说是整个世界,我想到她就厌恶,我只想离开,我想要忘记。她怎么能糟践那么高贵的心灵。"

桑德斯医生抬抬眉毛,这样的语言令他的同情心冷淡下来。

"也许她非常痛苦。"他温和地说。

"我还以为你玩世不恭呢。你是个感伤主义者。"

"你才发现吗?"

门轻轻打开了,大大推开,路易丝默默无声地站在门口。她没有走上前来,也没有说话,她看着弗雷德,唇边露出羞怯和祈求的淡淡笑容。你看得出来她有点紧张,她整个身体似乎都表达出一种胆怯的不确定,也像她的面容一样,有种祈求的感觉。弗雷德紧盯着她,一动不动。他没请她进来,他面色阴郁,眼中是冷酷无情的憎恨。微笑凝结在她的唇边,她似乎倒抽了一口气,不是嘴在动,而是整个身体在动,好似尖锐的疼痛刺痛了心。她似乎在那里站了两三分钟,两人都没有眨下眼睛。他们四目凝视,然后,非常缓慢地,像她打开门进来时那么悄无声息地,她轻轻关上门出去了。又只剩下两个男人,医生觉得这场面很奇特,而且令人怜悯得可怕。

二十九

芬顿号黎明时启程,搭载桑德斯医生去巴厘岛的轮船要下午才到达,只会停留装货的时间,因此快到十一点时,医生雇了一辆马车去斯旺的种植园。他觉得不告而别不太有礼貌。

他到达时发现老头坐在花园里的一张椅子上,那天晚上埃里克看见弗雷德从路易丝的房间里出来时,就是坐在这张椅子上的。医生跟他一起度过了白天。老头不记得他了,但还算清醒,问了他几个问题,但一点都没去听回答。很快路易丝从小屋的台阶上走下来,跟他握握手,没有一点迹象表明她刚刚经历过了一场情感危机。她对他展开镇静自若的迷人微笑,就像第一天他看见她刚游完泳回来那次一样,身着褐色扎染纱笼和一件土著人的短上装,一头金发编成辫子盘在头上。

"你愿意进屋来坐吗?"她说,"爸爸在工作,他马上就会来的。"

医生跟她一起进了大起居室。遮光板拉下来了,透过的光线很宜人。房间里并不怎么舒适,但是阴凉,碗里装着一大捧黄色美人蕉,像初升的太阳那样金灿灿,使房间增添了一种特殊的异域情调。

"我们没有告诉祖父关于埃里克的事情,他喜欢他;你知道,他俩都是斯堪的纳维亚人。我们怕他会伤心。但也许他知道了;我们从来搞不清楚。有时候,过了好几个星期,他会说句话,我们才意识到他早就知道了某件我们觉得最好还是不要让他知道的事情。"

她相当悠闲地说着,声音柔软醇厚,仿佛谈的是无关紧要的事情。

"老年是件很奇怪的事情,有种漠然处之的味道。已经失去了那么多,你几乎不能将老人看作是个人。但是有时你又会觉得他们获得了一种新的感觉,告诉他们我们永远不知道的事情。"

"那天晚上你祖父很高兴。我希望自己到了他的年纪还有这么灵活。"

"他很兴奋。他喜欢有新的客人来可以聊聊,但那也只是像放张老唱片,是机械的,但还有些别的东西,像只小动物,小老鼠逃走,或者小松鼠在笼子里打转,忙着我们一无所知的自己的事情。我能感到它的存在,好奇那是什么。"

医生不知如何回答,两人沉默了一两分钟。

"你要来杯威士忌苏打吗?"她说。

"不,谢谢。"

他们面对面坐在椅子上,大房间有种陌生的氛围,似乎在等待着什么。

"芬顿号今天早上起航了。"医生说。

"我知道。"

他沉思地看着她,她回望的目光镇静自若。

"恐怕克里斯特森的死亡让你很震惊。"

"我很喜欢他。"

"他去世的头一天晚上对我谈了你很多,他非常爱你。他告诉我要跟你结婚。"

"是的,"她快速看了他一眼,"他为什么要自杀?"

"他看见那个小伙子从你房间里出来。"

她低下了头,有点红了脸。

"那不可能。"

"弗雷德告诉我的。他从游廊栏杆上跳出去时,他正好在那里。"

"谁告诉弗雷德我跟埃里克订了婚?"

"我告诉的。"

"我猜这就是为什么昨天下午他不肯见我。等我进来,他那样看我,我就知道没有希望了。"

她的举止中并没有绝望的感觉,只是接受了不可避免的结局。你几乎可以说她的语气中有种耸耸肩的意味。

"那你不爱他?"

她手撑着脸,那一刻似乎在审视内心。

"很难说得清楚。"她说。

"反正不关我的事情。"

"哦,我不在乎告诉你,不在乎你怎么看我。"

"当然不在乎。"

"他很好看,你记得那天下午我在种植园遇见你们吗?我眼睛都没法离开他。然后吃完饭时,还有后来我们一起跳舞。我猜你也可以说是一见钟情。"

"我不能肯定我会这样说。"

"哦?"她略带吃惊地看了看他,接下来又迅速地打量了他一眼,好似第一次注意到他。"我知道他喜欢上了我。我感到一种这辈子过去从来没有感到过的东西。我就是干脆很想要他。我通常睡得很熟,但是那一晚上都无法入睡。父亲想要给你把他的译稿送去,我提出驾车送他去。我知道他只会待一两天,也许如果他要待一个月,可能就不会发生了。我会觉得还有很多时间,如果我有一周时间每天都看到他,我敢说我就不会在乎他了。事后我并不后悔,我感到心满意足,自由自在,那晚他离开后我睁眼躺了一会儿,我非常快乐,但是你知道,如果我再也见不到他,其实也无所谓。一个人待着很舒服。我猜你不明白我的意思,但是我觉得灵魂有点轻飘飘的。"

"你难道不害怕后果吗?"医生问。

"你什么意思?"她明白过来,笑了,"哦,那个。噢,医生,我几乎一辈子都住在这个岛上,我还是个孩子的时候常跟种植园上的小孩一起玩,我最好的朋友是监工的女儿,跟我同年,现在已经结婚四年,有三个孩子。你不会以为性事对马来孩子而言是什么神秘的事情,我七岁开始就听人们谈到了所有与它相关的事情。"

"你昨天为什么到旅店来?"

"我有点心慌意乱了。我非常喜欢埃里克,他们告诉我说他开枪自杀了,我简直不敢相信。我怕是我的错。我想知道他是否有可能知道了弗雷德的事。"

"是你的错。"

"他死了我非常伤心。我欠他很多,我是个孩子的时候很崇拜他,他就像祖父的一位老维京朋友,我一直非常喜欢他,但这不是我的错。"

"你为什么这样想?"

"他自己没有意识到,但他爱的不是我,而是母亲。她也知道,我觉得最后她也爱上了他,想起来也有点好笑,他几乎是可做她儿子的年龄,他爱的是我身上的母亲,他自己从来不知道。"

"你不爱他吗?"

"哦,非常爱。用我的灵魂爱,但不是用心来爱,或者也可以说用心来爱,但没有用感觉来爱。他人很好,非常值得信赖,他不知道如何恶意待人,他非常真诚,他身上几乎有种圣人一样的东西。"

她拿出手绢擦了擦眼睛,谈到他时,她开始哭了起来。

"如果你不爱他,为什么要跟他订婚呢?"

"母亲去世前我答应了她,我觉得她感到可以让我来满足她对他的爱情。我也非常喜欢他。我对他太了解了,同他在一起很自在,我觉得如果母亲去世,我又那么伤心时他想同我结婚,我可能会爱上他,但是他觉得我太年轻了。他不想利用我当时的感情。"

"然后呢?"

"爸爸不想要我嫁给他,他总是在等待那个神话中的王子来把我带到魔力城堡去。我猜你会觉得父亲没用,一点不实际,当然我不相信什么神话王子,但爸爸的想法后面总还是有点什么。他对事情有种直觉,他生活在云端,如果你明白我的意思的话,但这些云朵常常会带有上天的光芒。咳,如果没发生什么事情的话,我猜我们本来还是会结婚,过得很幸福。没有人同埃里克在一起会感到不幸福,去看看所有那些他谈论的地方会非常有意思,我会很高兴去瑞典,去祖父出生的地方,去威尼斯。"

"很不幸我们到这里来了。毕竟,只是凑巧而已;我们也可能去了安汶岛。"

"你们本来也许会去安汶岛?天缘凑巧注定,你们居然会到这里来。"

"你以为我们的命运那么重要,命运之神竟然会如此把它当回事情?"医生笑着问。

她没有回答,他们坐着沉默了一会儿。

"我很难受,你知道吧。"她终于说。

"你尽量不要过于伤心。"

"噢,我不伤心。"

她说得有点果断,因此医生惊讶地看着她。

"你怪我,任何人都会怪我,但我不怪自己。埃里克自杀,是因为我不符合他设想的理想的我。"

"啊。"

桑德斯医生意识到她凭直觉得出了与他推理出来的同样的结论。

"如果他爱我的话,那要么就杀了我,要么就宽恕我。这么看重肉体的行为,你不觉得这很愚蠢吗,至少对于白人来说?你知道,我在奥克兰上学时,有过一阵宗教狂热——女孩在那个年纪通常都会——我在大斋节期间发誓不吃任何放了糖的东西。结果过了两周之后,我馋甜食馋疯了,简直是种酷刑。有天我经过一家糖果店,看着橱窗里的巧克力,我的心完全翻了个,我进去买了半磅,就在街上直接吃了起来,一个都不剩,直到袋子空了。我永远不会忘记我感到多么松了一口气。然后我回了学校,在接下来的斋期舒舒服服地斋戒。我把这件事告诉埃里克,他笑了。他觉得这很自然,他那么宽容。你不觉得如果他爱我,就会宽容另一件事情吗?"

"男人在这件事情上很挑剔。"

"埃里克不是这样,他那么睿智,那么慈悲。我告诉你吧,他就是不爱我,他爱自己的理想,还有我身上具有的我妈妈的美貌和品行,还有他那些莎士比亚的女主角,安徒生童话中的公主等。一个人有什么权利按照自己的心意打造一个形象,然后把它强加在你身上,如果跟你不相符就生气呢?他想要按照自己的理想来囚禁我,他不在乎我是谁,他不肯接受我本人,他想要拥有我的灵魂,因为他觉得我身上有某种东西逃避了他,他就想要用自己想象的幻影来替代我心中的那点火苗。我很难受,但实话告诉你我并不伤心。弗雷德按他自己的方式也是一样的,那晚他躺在我身边,说他想要在这个岛上一直待下去,跟我结婚,打理种植园,等等。他勾勒了一幅自己的生活画面,把我放在里面,他也一样想把我囚禁在他的梦里面。不一样的梦,但却是他的梦。我想要做自己的梦,发生过的事情很可怕,我心情很沉重,但我在心底里知道我得到了自由。"

她说话并没有带着情绪,说得慢悠悠的,字斟句酌,有着那种总是令医生觉得非常独特的镇静自若的神态。他仔细听着,心里有点颤抖,因为人们赤裸裸的灵魂总是令他感到可怕,他看见了那种袒露无情的本能,驱使世界历史之初那些无形的造物在机遇盲目的敌意中挤出一条路来。他很好奇这女孩最终会成为什么样的人。

"你对未来有计划吗?"他问。

她摇摇头。

"我可以等,我还年轻。祖父去世以后这就是我的了,也许我会卖了它,爸爸想去印度。世界很宽广。"

"我要走了,"桑德斯医生说,"我能见见你父亲说声再见吗?"

"我带你去他的书房。"

她领他沿着走廊进了房子一侧的一个小房间,弗里斯正坐在堆满手稿和书的书桌旁,他在打字机上打着字,肥胖的红脸庞上流淌的汗水使他的眼镜滑在鼻梁上。

"这是第九章的最后打字稿,"他说,"你要走了,对吧?我怕没时间给你看了。"

他忘记了他对桑德斯医生朗读自己的译文时,医生睡着了这回事情,或者即使记得,也没有在意。

"我差不多要结束了。艰苦的任务,没有我这位小女孩的鼓励,我觉得我几乎没法大功告成。让她成为主要受惠人是非常正确和恰当的。"

"你不要工作得太累了,爸爸。"

"时光如箭,①"他喃喃地说,"人生短促,艺术长存。②"

她把手温柔地放在他肩上,面带微笑地看着打字机上的稿纸。医生再次为路易丝对待父亲充满爱的善良而感动。以她的聪颖,她

---

① 原文为拉丁文"Tempus fugit"。
② 原文为拉丁文"Ars longa, vita brevis"。

不可能对父亲的徒劳会没有清醒的认识。

"我们不是来打搅你,亲爱的。桑德斯医生是来道别的。"

"啊,对了,当然。"弗里斯说。他从桌旁站起身来。"见到你太好了。在这个生活的偏僻角落里,我们不经常有客人来访。谢谢你昨天来参加克里斯特森的葬礼,我们英国人在这种时候应该团结在一起,这会让荷兰人印象深刻。虽然克里斯特森不是英国人,但是自从他到岛上来以后,我们经常见到他,毕竟他是亚历山德拉王后的同胞。走之前来一杯雪莉酒?"

"不了,谢谢,我要回去了。"

"我听说后非常难受。检察官告诉我他毫不怀疑是天气太热的缘故。他想同路易丝结婚,我很高兴现在用不着我来表示同意了。当然是缺乏自制力。英国人是唯一可以移居异域,保持平衡的民族。他会是我们很大的损失。当然他是外国人,但毕竟还是令人震惊。我非常难过。"

但是显然他并不像对英国人那样严肃地看待一个丹麦人的死亡。弗里斯坚持要到院子里来,医生乘车离开时回头招手,看见他一只手搂着女儿的腰,一束阳光穿透加纳利树密实的枝叶,把她的头发染成一片金黄。

三十

一个月之后,桑德斯医生坐在新加坡范戴克酒店略微灰扑扑的露台上,是下午时光,他从坐的地方可以看到下面的街道。汽车疾驶而过,还有一些由两匹健壮的小马拉的车子;人力车夫赤脚拍打着路面飞奔,不时有一两个瘦削的高个子泰米尔人闲逛着,在他们的静默中,他们悄无声息的走动中,是遥远过去的夜深沉。树木给街道遮阴,阳光洒在街上形成不规则的块状。华人女子身着长裤,发髻中插着金簪,从树荫下走到阳光里面,好似木偶走过舞台。不时有位年轻的种植园主,脸晒得很红,戴着双层帽檐的帽子,身着卡其布短衣短裤,用他习惯走在橡胶园里的步伐大步走过。两个黑皮肤的士兵穿着干净的制服,看上去很神气,趾高气扬地走过。白日的炎热已经过去了,阳光转为金黄色,空气中弥漫着一种漫不经心的气氛,好似生活当下邀请你别把它当回事情。一辆水车过去,灰尘道路上淌着水流。

桑德斯医生已经在爪哇岛上停留两周了。他要搭乘去香港的第一艘轮船,打算从那里再乘近海船去福州。他很高兴有这趟旅行,借此摆脱了长久以来不变的日常事务,从陈规陋习的束缚中解脱出来,前所未有地放下尘世间的琐事轻轻松松,他享受着精神上独立的天堂一般的感觉。想到世界上没有谁能影响他内心的安宁,真是一种奇妙的愉悦。他已经达到了苦行僧追求的不受尘世琐事干扰的境界,尽管走的是一条完全不同的道路。像菩萨关照肚脐那样,他正愉快地沉浸在自我满足中,有人碰了碰他的肩膀。他抬头看见了尼克尔斯船长。

"我正好经过,看见你坐在这里,就上来跟你打个招呼。"

"坐下喝一杯。"

"可以喝一杯。"

船长身着上岸穿的衣服,衣服并不太旧,但看上去却破烂不堪。他有两天没剃须,瘦削的脸上胡子拉碴,指甲里全是污垢,看上去穷困潦倒。

"我去看了牙齿。"他说,"你说得对,牙医说我必须全拔掉,说难怪我消化不良。按他的说法,我拖了这么久简直是个奇迹。"

医生看了他一眼,注意到他的前排牙齿都拔掉了,这让他讨好的笑容比以往任何时候都更邪恶。

"弗雷德·布莱克去哪里了?"桑德斯医生说。

船长脸上的笑容消失了,但还嘲讽地停留在眼中。

"悲惨地结束了,可怜的家伙。"他答道。

"你什么意思?"

"有天晚上掉船外去了,也许是自己跳下去的。没人知道,早上不见了人。"

"暴风雨吗?"

医生几乎不相信自己的耳朵。

"没有。风平浪静。我们离开坎达之后,他情绪非常低落,我们按照先前计划去巴塔维亚,我猜他要在那里拿一封信件。但他究竟收到了信没有,我不知道,别问我。"

"但他怎么可能掉到海里去,没人知道呢?掌舵的人去哪了?"

"我们都睡了。喝得很厉害,跟我没关系,我叫他悠着点,他叫我他妈的少管闲事。好吧,随你的便。你做什么,都不会影响我好好睡觉。"

"什么时候的事情?"

"上个星期二。"

医生往后靠了靠。这让他感到震惊,那个小伙子同他两人坐在一起聊天是不久前的事情,当时他觉得他身上有种幼稚活泼的东西,并非没有魅力。想到他如今随海浪漂流,面目全非,不是一件叫人高兴的事情。他还是个孩子。尽管医生有他的生活理念,但这年轻人死了,他还是感到一阵痛心。

"也让我非常尴尬,"船长继续说道,"他打牌时几乎把我所有的钱都赢去了,我们离开你以后经常打牌,说实话这小子的运气实在是叫人难以相信。我知道自己比他打得好;如果我不是像相信你现在坐在我眼面前那样相信这一点的话,我根本就不会去跟他打牌,我加倍下了注。但是你知道吧,我就是赢不了。我开始怀疑他要了什么把戏,但是在这方面别人也不会比我更高明,即使要了把戏,我也不会看不出来。不,就是运气好。嗯,长话短说吧,我们到了巴塔维亚,他已经把我这趟挣来的钱全都赢去了,一分不剩。

"嗯,意外发生之后,我砸开他的保险箱,我们在马老奇买了两只。我必须这样做,你知道,看看是否有地址什么的,让我可以跟死者家人联系,我对这种事情非常在意。结果你知道吧,里面一个子都没有,就像我的手掌一样空白。这个肮脏的小杂种把所有钱都装在腰带里,带着钱跳了海。"

"你上了大当。"

"我从来没喜欢过他,一开始就不喜欢。他不是个好东西,告诉你,那是我的钱,大部分都是。他老老实实打牌不可能那样赢我。如果不是在槟城把那条船卖给一个中国佬的话,我都不知道该怎么办。看样子我成了替罪羊。"

医生没有移开目光。真是个奇怪的故事,他好奇是否有一点真实性。尼克尔斯船长令他极端厌恶。

"我猜他喝醉了,你没有把他推下去?"他冷冰冰地说。

"你这样说是什么意思?"

"你不知道钱都在他腰包里。对你这样的家伙来说那是一大笔钱,我不觉得你对那个可怜的小伙子做不出这种事情来。"

尼克尔斯船长脸都绿了。他沉下脸,凝视的目光变得冰冷。医生呵呵笑了。他随便这么一说,居然就说中了。这个无赖。但是他意识到船长并没有在看他,而是在看他身后的什么;他转过身去,看见一个妇人正在慢慢走上从街道通往露台的台阶。她是个矮胖的女人,扁平臃肿的脸,眼睛有点突出,圆滚滚的,像靴子上的纽扣那样闪亮。她身着一件黑棉布衣服,紧绷绷地裹在身上,头上戴着一顶黑色草帽,像男人戴的那种。她的衣着打扮极其不适合热带,她看上去很热,脾气很坏。

"老天!"船长惊呼一声,压低了声音,"我的老太婆。"

她悠闲地走到桌旁,嫌弃的目光看着这位不幸的男人。他绝望无助地看着她。

"你的门牙怎么了,船长?"她说。

他讨好地笑着。

"谁想到会见到你啊,我亲爱的,"他说,"真是又惊又喜。"

"我们去喝杯茶,船长。"

"遵命,亲爱的。"

他站起身,她转身从原路返回,尼克尔斯船长跟着她,脸上的表情非常严肃。医生想到这下他再也无法知道可怜的弗雷德·布莱克死亡的真相了。看见船长默默地走在他妻子身边,走上大街,他苦笑了。

一阵微风突然扫动了树叶,一束阳光穿透树枝,在他身边跳跃了一会儿。他想起了路易丝和她那一头金灰色头发,她就像是古老传说中的魔女,男人因为爱上她而遭到毁灭。她是个神秘莫测的人物,镇静自若地处理着日常事务,静静地等待着将会到来的命运。他好奇那会是什么。他轻轻叹了口气,因为无论那会是什么,即使想象中最灿烂的梦境成为现实,最终也只不过是幻觉而已。

W. Somerset Maugham
THE NARROW CORNER

图书在版编目(CIP)数据

偏居一隅/(英)毛姆(W. Somerset Maugham)著;
冯洁音译. —上海:上海译文出版社,2022.10
(毛姆文集)
书名原文:The Narrow Corner
ISBN 978-7-5327-8928-3

Ⅰ.①偏… Ⅱ.①毛… ②冯… Ⅲ.①长篇小说-英国-现代 Ⅳ.①I561.45

中国版本图书馆 CIP 数据核字(2022)第 141145 号

偏居一隅
〔英〕毛　姆/著　冯洁音/译
责任编辑/顾　真　装帧设计/张志全工作室

上海译文出版社有限公司出版、发行
网址:www.yiwen.com.cn
201101　上海市闵行区号景路 159 弄 B 座
浙江新华数码印务有限公司印刷

开本 850×1168　1/32　印张 8　插页 6　字数 125,000
2022 年 10 月第 1 版　2022 年 10 月第 1 次印刷
印数:0,001—5,000 册

ISBN 978-7-5327-8928-3/I・5530
定价:52.00 元

本书中文简体字专有出版权归本社独家所有,非经本社同意不得连载、摘编或复制
如有质量问题,请与承印厂质量科联系。T:0571-85155604